Benvenuti nel mondo delle

Questo libro appartiene a :

....

Ciao, io sono Tea! Sì, proprio Tea Stilton, la sorella di Geronimo Stilton! Sono l'inviata speciale dell'Eco del Roditore, il giornale più famoso dell'Isola dei Topi. Amo i viaggi e l'avventura e mi piace conoscere amici di tutto il mondo! Proprio a Topford, il college dove mi sono laureata e dove sono stata invitata a insegnare, ho incontrato cinque ragazze davvero speciali: Colette, Nicky, Pamela, Paulina e Violet. Tra di loro è nata subito una vera amicizia. E si sono così affezionate a me che hanno deciso di chiamare il loro gruppo con il mio nome: Tea Sisters (in inglese significa 'le sorelle Tea')! Per me è stata un'emozione grandissima. E alla fine ho deciso di raccontare le loro avventure. Le straordinarie avventure delle...

Tea Sisters

Colette

Ha una vera passione per vestiti e accessori, soprattutto di colore rosa. Da grande vorrebbe diventare una giornalista di moda.

Paulina

Altruista e solare, ama viaggiare e conoscere gente di tutto il mondo. Ha un vero talento per la tecnologia e i computer.

Violet

Ama molto leggere e conoscere cose sempre nuove. Le piace la musica classica e sogna di diventare una famosa violinista!

Nicky

Viene dall'Australia ed è molto appassionata di sport, ecologia e natura. Ama vivere all'aria aperta e non sta mai ferma!

Pamela

È un'abile meccanica: datele un cacciavite e aggiusterà tutto! È golosa di pizza, che mangerebbe a ogni ora, e ama cucinare.

Vuoi essere una Tea Sister?

▼

....

mi piace ....

....

....

....

....

....

Testi di Tea Stilton
Coordinamento testi di Chiara Richelmi / Atlantyca S.p.A.
Collaborazione editoriale di Carolina Capria e Mariella Martucci

Coordinamento editoriale di Daniela Finistauri
Editing di Sofia Scartezzini

Art Director: Iacopo Bruno
Copertina di Barbara Pellizzari, Giuseppe Facciotto (china) e Flavio Ferron (colore)
Illustrazioni della valigia di Barbara Pellizzari (disegno) e Flavio Ferron (colore)
Graphic Designer: Pietro Piscitelli / theWorldofDOT

Illustrazioni pagine iniziali e finali di Barbara Pellizzari (disegno) e Flavio Ferron (colore) | Mappe di Caterina Giorgetti (disegno) e Flavio Ferron (colore)

Illustrazioni della storia di Barbara Pellizzari, Chiara Balleello, Valeria Brambilla, Giuseppe Facciotto (disegno), Federico Giretti e Antonio Campo (colore)
Coordinamento artistico di Flavio Ferron
Grafica di Marta Lorini

Da un'idea di Elisabetta Dami
www.ildiariodelleteasisters.it

Pubblicato per PIEMME da Mondadori Libri S.p.A.

info@edizpiemme.it

Anno 2020 - 2021 - 2022 Edizione 1 2 3 4 5 6 7 8 9 10 11 12 13 14 15

Stampa: ELCOGRAF S.p.A.
Via Mondadori, 15 - Verona

Questo libro è stato stampato su carta certificata FSC®

MISTO
Carta da fonti gestite in maniera responsabile
FSC® C115118
FSC
www.fsc.org

Tea Stilton

Appuntamento a BRUXELLES

PIEMME

Volete aiutare anche voi le Tea Sisters in questa nuova avventura? Non è difficile, basta seguire tutte le indicazioni!

Quando vedrete questa lente fate attenzione: significa che in quella pagina c'è un indizio importante.

Ogni tanto faremo il punto della situazione, in modo da non dimenticare nulla.

Allora, siete pronti?

IL MISTERO VI ASPETTA!

GULP!

NELLA PATRIA DEL FUMETTO

Un attimo dopo aver varcato le porte del centro commerciale dell'Isola delle Balene, Violet esclamò: – Oh, che bel calduccio, finalmente! La strada dal parcheggio a qui sembrava infinita, mi sono quasi CONGELATA!

Colette si portò al viso le mani ancora avvolte nei guanti e aggiunse: – Già, il mio povero naso è diventato un pezzettino di GHIACCIO!

In quel pomeriggio libero alle Tea Sisters era venuta voglia di fare QUATTRO PASSI, ma visto che sull'Isola delle Balene soffiava un vento gelido,

le cinque studentesse erano salite a bordo del fuoristrada di Pam e avevano attraversato le vie INNEVATE fino al centro commerciale.
– Questo sì che è un pomeriggio perfetto – disse Pamela saltellando allegra. – Potrò bere una cioccolata calda con le mie migliori amiche, pattinare sul ghiaccio e... mettere le mani sul nuovo numero di *Comet Girl*!
– Ragazze, cosa ne dite di fare subito tappa alla FUMETTERIA? – propose Colette alle altre. – Ho la sensazione che Pam non riuscirà a resistere ancora a lungo!
Le altre furono d'accordo, ma quando arrivarono davanti alla vetrina, Pamela si bloccò.
Scherzando, Paulina le chiese: – Che cosa c'è? Hai visto COMET GIRL in persona dentro il negozio?
Dopo un istante Pamela si riscosse e rispose:
– No, sorella... ho appena visto qualcosa di ancora più *speciale!*

– Davvero?! Che cosa? Dove? – chiese Nicky incuriosita.
Pam indicò un angolo della vetrina, dove era esposta una **LOCANDINA** coloratissima: pubblicizzava una fiera dedicata al fumetto che si sarebbe tenuta di lì a qualche settimana ad Anversa, nel Nord del ***Belgio***...

– Che cosa stiamo aspettando? Entriamo, così potremo scoprire di che cosa si tratta! – propose Colette.
Mentre pagava il tanto atteso ultimo numero di *Comet Girl*, Pamela chiese qualche informazione in più sull'evento pubblicizzato dalla locandina. La commessa, felice di rendersi utile, spiegò: – Si tratta del Balloon Festival, una fiera che anima tutta la cittadina di Anversa. Ci saranno **mostre**, presentazioni, un mercatino dell'usato... e nei giorni precedenti verrà organizzato un fantastico corso per imparare a creare storie a fumetti!
– Sembra **meraviglioso** – commentò Violet, sbirciando la locandina.
– Quanto mi piacerebbe andarci, sorelle! – sospirò Pam.
Colette commentò: – Immagino... Per un'appassionata di **FUMETTI** come te è un appuntamento imperdibile!

– Le date corrispondono proprio a quelle delle nostre **vacanze invernali** – notò Paulina. – Saresti libera...
– E il Belgio è un Paese bellissimo! – aggiunse Nicky.
– Che **indecisione,** ragazze! Che cosa faccio, ci vado? – rifletté Pam. – Tu cosa dici, Vivì?
Violet, che era rimasta un po' in disparte, arrossì leggermente e disse: – A dire la verità, pensavo... che vorrei venirci anch'io! Mi piacerebbe molto migliorare la mia **tecnica** di disegno!
– Sei già bravissima – disse Colette. Poi aggiunse: – E proprio per questo devi assolutamente andare!
Pamela diede il cinque a Violet ed esclamò:
– Allora è deciso, sorella... io e te trascorreremo le vacanze ad **Anversa!**
– Brave!!! – esultò Paulina. – Festeggiamo con una cioccolata calda?

– Per mille bielle sbiellate, ci sto! – esclamò felice Pam.
Dopo la merenda le ragazze raggiunsero la pista di *pattinaggio* della galleria commerciale. Scivolando sul ghiaccio, continuavano a fantasticare sulla vacanza in Belgio, sul **BALLOON FESTIVAL** e sul ricco programma di eventi offerto ai visitatori. Così, una volta tornate a bordo pista...

– Pensavo... – esordì Nicky, riprendendo fiato. – L'idea del festival è davvero bella, potrebbe essere un'occasione per trascorrere le vacanze in modo un po' **diverso**...

– Ho visto che ci saranno conferenze interessanti, incontri con gli autori, una sezione dedicata ai **VIDEOGIOCHI** più innovativi e persino una per i giochi di ruolo – fantasticò Paulina.

– E poi sarebbe un'occasione per visitare

Anversa! – aggiunse Colette. – Su *Topogue* ho letto che è una città molto bella e... che passeggiando per i negozietti dell'usato si possono trovare stupendi abiti **VINTAGE!**

– State dicendo che... – suggerì Violet.

– ... Che non potete lasciarci a casa! – concluse l'amica. – Che cosa ne dite?

Le ***Tea Sisters*** si guardarono sorridendo per qualche secondo e infine Pamela esclamò:

– Cosa ci facciamo ancora con questi pattini ai piedi? Corriamo a fare i biglietti:

SI VA IN BELGIO!

Il Belgio

Il Belgio è un Paese dell'Unione Europea. È suddiviso in tre regioni: le Fiandre a nord, Bruxelles-Capitale al centro e la Vallonia a sud.
Bruxelles è la città più importante del Paese, ospita la sede del Parlamento Europeo ed è considerata la capitale europea del fumetto!

Capitale: Bruxelles
Lingue ufficiali: olandese (fiammingo), francese (vallone) e tedesco
Moneta: euro

Benvenute ad Anversa!

Quella sera stessa le Tea Sisters avevano prenotato il volo e da quel momento i giorni erano trascorsi in un LAMPO!

Tra un impegno e l'altro le ragazze avevano organizzato tutti i dettagli del viaggio e in men che non si dica erano atterrate all'aeroporto di Anversa.

– Eccoci qui! – esclamò Paulina, aprendo la porta del piccolo appartamento che avevano preso in affitto.

– Che casetta deliziosa – commentò Colette accendendo la luce e guardandosi attorno.

– Già, ma siamo arrivate tardissimo – osservò

Violet, sbadigliando. – Credo che non appena saremo sistemate filerò a letto: domani inizia il **corso** di fumetto e io e Pam dobbiamo essere fresche e in forma!

– In effetti hai ragione. Soprattutto Pamela deve... – iniziò Paulina, per poi interrompersi. – Ma che fine ha fatto?

– Pam? – chiamò Nicky, sbirciando alle spalle dell'amica. – Pam, ci sei?!

– *Arrivooo!* – rispose la ragazza, salendo a passi svelti le scale della palazzina.

– Scusate, ma ho pensato che, anche se era tardi per un giro turistico, di sicuro non lo era per cominciare a scoprire le **prelibatezze** del luogo. Mi sono fermata in una delle più famose *gaufreries** della città,

* Si tratta di un negozio che vende una specialità belga chiamata *gaufre*, per scoprire che cos'è... gira pagina!

che guarda caso è proprio qui, vicino al nostro appartamento!
Colette annusò il profumino proveniente dal sacchetto che l'amica reggeva tra le mani:
– Mmmh, preparo subito una tisana!
Così, con quello spuntino fuori programma a base di *gaufres* **calde**, le Tea Sisters iniziarono ufficialmente la loro vacanza ad **Anversa**.
Terminato di mangiare, le cinque amiche andarono a letto: erano stanche, ma impazienti di visitare una città che aveva già catturato i loro **CUORI**.

GAUFRE

Si tratta di una cialda croccante fuori e soffice all'interno, caratterizzata dal motivo a griglia impresso dalle piastre su cui viene cotta. La gaufre di Bruxelles è grande e morbida, di forma rettangolare e si gusta guarnita con zucchero a velo, panna montata o cioccolato. La gaufre di Liegi è più piccola, di forma tondeggiante e contiene granella di zucchero nell'impasto, per un effetto caramellato super croccante!

L'indomani, mentre usciva di casa insieme alle amiche, Nicky rivolse lo sguardo al cielo terso e annunciò: – È la giornata ideale per una *passeggiata* alla scoperta della città!

Violet si strinse la sciarpa attorno al collo e sorrise: – Sarà un po' **strano** essere nella stessa città e non visitarla con voi. Promettete di raccontarci tutto?

– Ma certo! – assicurò Paulina. – Vi manderemo tante **FOTO**, così sarà come se foste con noi! E poi, quando finirete il corso, avremo ancora qualche giorno per visitare Anversa tutte insieme!

Così il gruppo si divise e, mentre Pamela e Violet si accingevano a scoprire tutti i segreti dell'arte del fumetto, Colette, Nicky e Paulina iniziarono il loro tour.

Come promesso, le tre amiche documentarono ogni tappa della passeggiata con tante fotografie divertenti, finché, dopo tutto quel camminare, giunse il momento di una golosa merenda...

– **OOOH!** – esclamò Colette entrando in una cioccolateria. – Ma questo non è un semplice negozio di dolciumi, sembra una *boutique**!

– A me ricorda un museo – aggiunse Nicky, passando in rassegna gli eleganti arredamenti e i quadri che decoravano le pareti.

* È una parola francese che indica un negozio di abiti d'alta moda.

– Il **museo** con le opere più golose del mondo! – scherzò Paulina. – Facciamoci una foto!

– Subito! – approvò Colette. – E scriviamo a Pam e Vivì che prenderemo un po' di queste delizie... anche per loro!

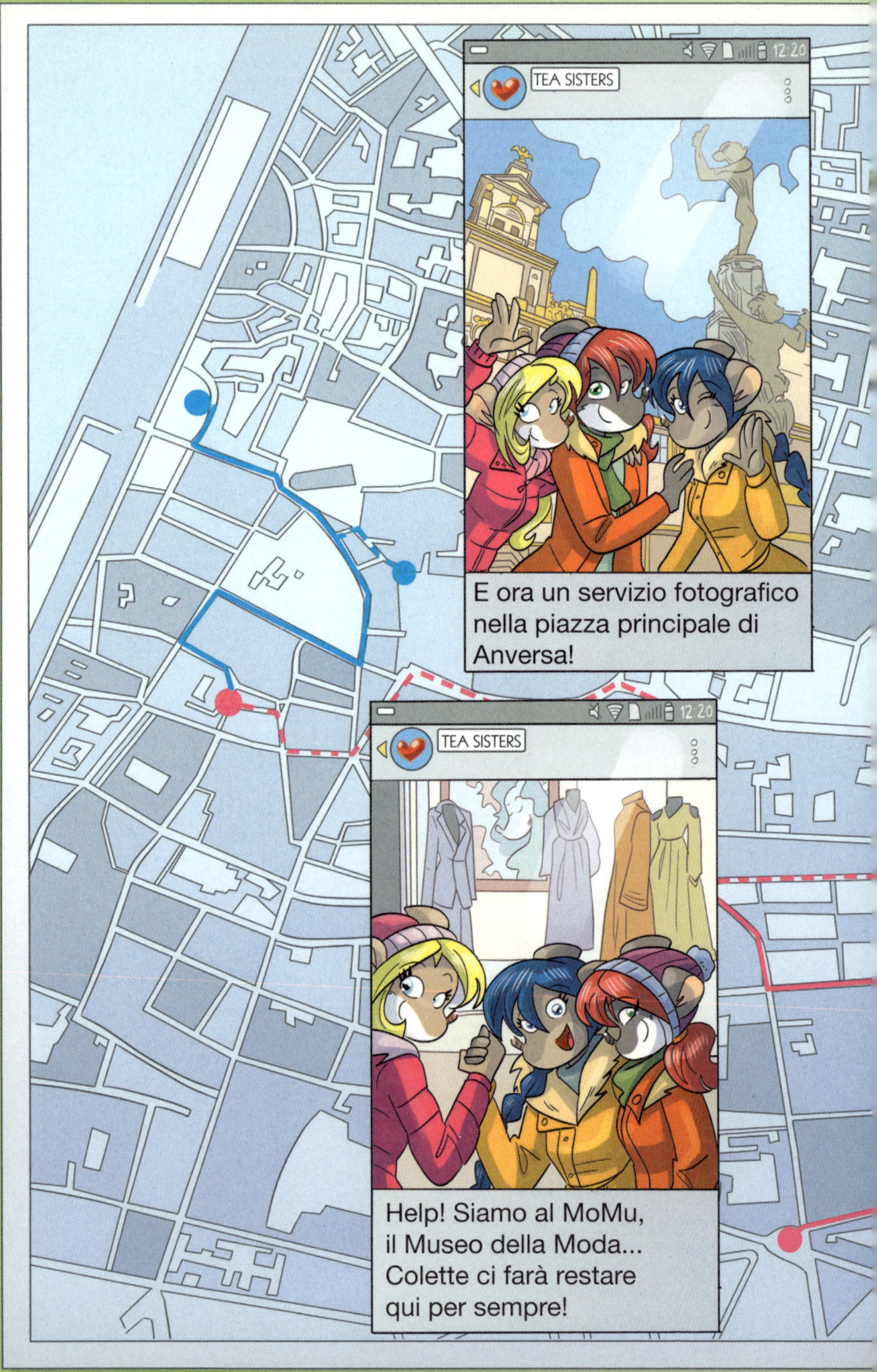
12:20
TEA SISTERS
E ora un servizio fotografico nella piazza principale di Anversa!
12:20
TEA SISTERS
Help! Siamo al MoMu, il Museo della Moda... Colette ci farà restare qui per sempre!

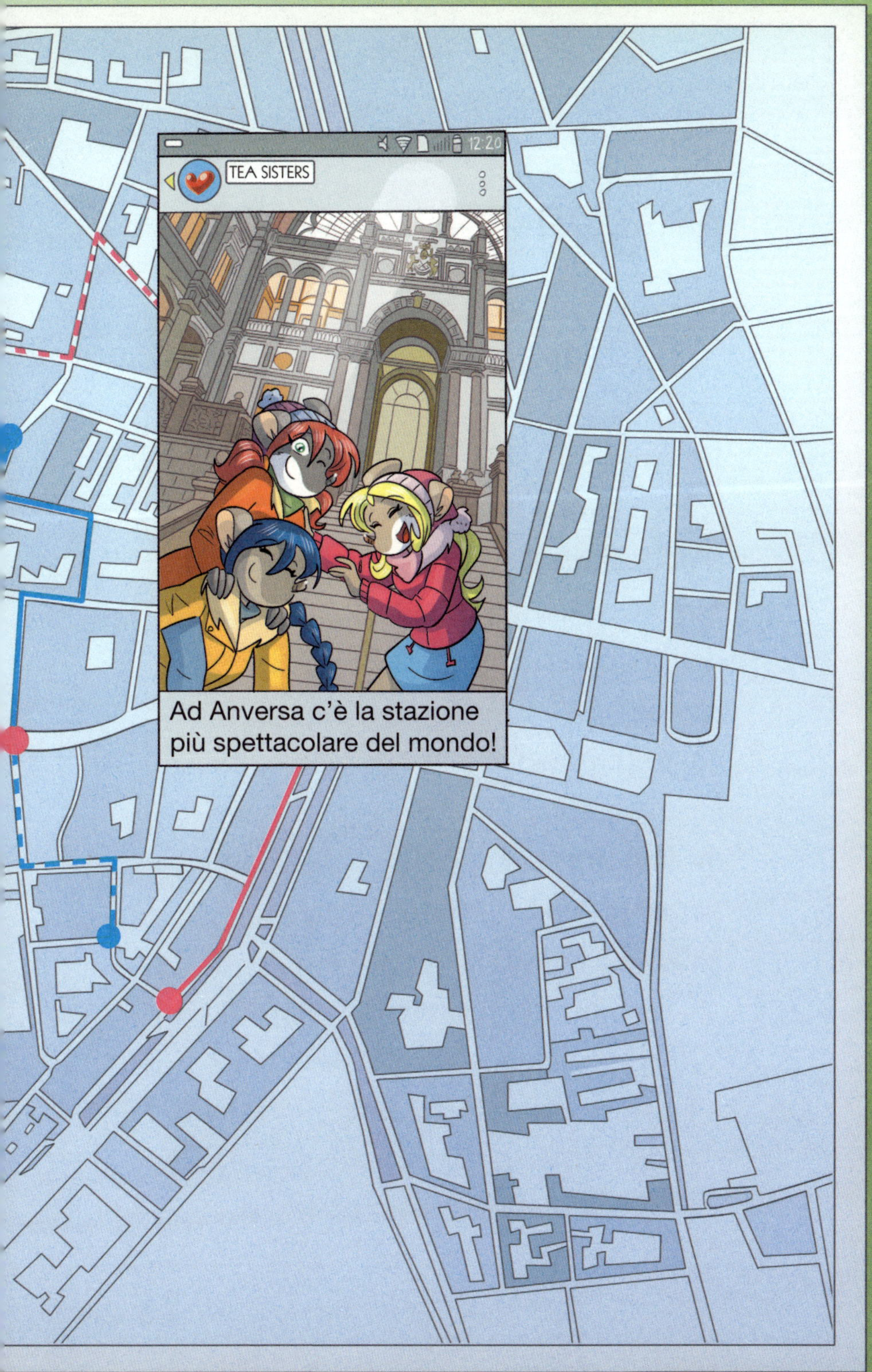
12:20
TEA SISTERS
Ad Anversa c'è la stazione
più spettacolare del mondo!

Un nuovo Amico

I telefoni di Violet e Pamela vibrarono all'unisono e le due **ragazze** si guardarono, scambiandosi un sorrisetto divertito.

Si trovavano nel cortile dell'associazione che ospitava il corso di fumetto e stavano facendo una breve pausa tra una lezione e l'altra.

– Credo di sapere chi ci ha *scritto* – disse Violet, prendendo il cellulare.

– Le nostre turiste preferite! – esclamò Pam,

trattenendo a stento l'entusiasmo. – Per mille bielle sbiellate, questo posto è meraviglioso!

Pamela e Violet non ebbero nemmeno bisogno di consultarsi per rispondere alla domanda delle amiche: il corso era ***FANTASTICO!***

Quel mattino, per iniziare, l'insegnante aveva mostrato agli allievi alcuni tra i FUMETTI belgi più famosi. Erano storie ambientate in universi fantastici, popolati da personaggi che negli anni avevano conquistato il cuore di milioni di lettori in tutto il mondo.

– 'E ora stiamo facendo una pausa...' – digitò Violet. Poi allungò il braccio, in modo che la fotocamera del telefono inquadrasse lei e l'amica. – Mandiamo anche noi una foto!

– Scusate, posso DISTURBARVI? – chiese in quel momento un ragazzo. Dopo un istante aggiunse ridacchiando: – Beh, in realtà è un po' tardi per chiedervi se posso disturbarvi, visto che l'ho già fatto!

– Un fan di *Comet Girl* può disturbarci in ogni momento – sorrise Pamela, indicando la felpa che indossava il nuovo arrivato.

– Anche tu leggi COMET GIRL? – chiese il giovane.

EHM... SCUSATE...

Pamela sorrise e dichiarò: – Io sono la fan **NUMERO UNO!** Guarda la mia spilletta!
Violet scherzò: – Io invece ho letto solo il primo albo, spero mi permettiate di rimanere!
– Certo che sì, così potremo convincerti a leggere tutti gli altri! – rispose pronto il ragazzo. – Piacere, mi chiamo Thierry!
Il nuovo arrivato si sedette accanto a loro, mostrò un **volantino** e iniziò a spiegare:

– Quando all'inizio della lezione ognuno di noi ha raccontato chi era e da dove veniva, voi avete detto di essere in vacanza ad Anversa per partecipare al ***FESTIVAL*** del fumetto... Beh, speravo che potessero interessarvi anche questi eventi!
Pam prese in mano l'opuscolo e lesse: – ***FUORI-BALLOON...*** di cosa si tratta?
– È un festival nel festival – spiegò Thierry. – Come saprete, la fiera del

fumetto si svolge all'interno di un'unica struttura, mentre il Fuori-Balloon comprende un sacco di altre *iniziative* che avranno luogo in giro per la città!

– E lo **ORGANIZZI** tu? – chiese Violet.

Thierry annuì: – Io e mia sorella Hilde, che è anche il mio capo!

Davanti allo sguardo perplesso delle compagne, il ragazzo raccontò che anche la sorella era una grande *lettrice* e che negli anni aveva trasformato questa sua passione in un lavoro. Aveva fondato una **casa editrice** specializzata proprio in fumetti!

– Si tratta di una casa editrice molto piccola che pubblica autori emergenti, che non sono ancora diventati *famosi* – raccontò Thierry.

– E da un po' ho iniziato a collaborarci anch'io!

– Uau, dev'essere un lavoro davvero fantastico – esclamò Pamela entusiasta, sfogliando l'opuscolo del Fuori-Balloon. – Chissà quanti...

Ma improvvisamente la ragazza si interruppe, e, indicando una voce della locandina, esclamò: – Per mille pistoni ingrippati! Qui dice che ci sarà una ***MOSTRA*** su Mila Leroy!!!

– Sbaglio o è quella bravissima fumettista di cui mi hai mostrato i disegni qualche tempo fa, Pam? – chiese Violet, incuriosita.
– Com'è che l'avevi definita?
E l'amica rispose prontamente: – La più SUPERMITICA disegnatrice di tutti i tempi!

Thierry sorrise: – Non potrei essere più d'accordo con questa definizione! Questo significa che verrete alla **mostra?**

– Stai scherzando, fratello? – rispose Pam, che non stava più nella pelle. – Non solo verremo alla mostra, ma a tutti gli *eventi* del Fuori-Balloon!

PIACERE, HILDE!

La prima giornata di corso fu molto intensa. Gli insegnanti spiegarono nel dettaglio il lavoro del **FUMETTISTA**, svelando l'affascinante universo che si nascondeva dietro a tutti i libri e agli albi illustrati.
Il primo passo per realizzare un fumetto era inventare i personaggi e creare una trama interessante e che facesse emozionare.
La storia andava scritta immaginando ciò che accadeva in ciascuna vignetta, e solo a quel punto si passava al disegno vero e proprio.
Anche per creare le immagini erano previste varie fasi: da un primo abbozzo, fino alla versione finale.

Dopo la spiegazione, gli studenti si misero al lavoro per provare a creare un loro fumetto. Le due amiche di Topford scoprirono di formare una **coppia** perfetta: Pamela era brava a inventare storie e personaggi, mentre Violet, da sempre appassionata di disegno, riusciva benissimo a dar loro vita sulla carta!
Alla fine del pomeriggio le due ragazze uscirono dalla sede del **corso** insieme al loro nuovo amico belga.
– Sono stanchissimo – esclamò Thierry, stiracchiandosi nell'aria fresca.
– Anch'io – gli fece eco Violet. – Però che soddisfazione!
– Io invece mi sento carica di **ENERGIA** e vorrei iniziare subito la seconda lezione! – annunciò Pamela. Poi, vedendo Colette, Nicky e Paulina che sopraggiungevano, aggiunse:
– Ripensandoci, ora vorrei solo trascorrere del tempo con le nostre migliori **amiche!**

THIERRY, LORO SONO LE TEA SISTERS!

Pam e Violet presentarono Thierry alle altre Tea Sisters e il gruppetto rimase ancora per un po' a chiacchierare mentre, col calar della sera, i lampioni della strada iniziavano ad accendersi.

– Se non avete impegni, da queste parti c'è un posticino dove preparano delle patatine fritte fenomenali – propose il ragazzo, quando ormai erano rimasti soli davanti al palazzo della scuola di fumetto.

– Patatine fritte?! – ripeté Nicky. – Guarda, se anche avessimo avuto impegni, li avremmo annullati subito. Andiamo!

Si erano appena avviati, quando il cellulare di Thierry iniziò a squillare insistentemente.

– Sì, pronto... Hilde? – esordì allegramente il ragazzo, ma subito dopo assunse un'aria preoccupata. – Oh, oh... Hai ragione, me ne ero completamente dimenticato. Rimedio subito, aspettami!

Dopo aver riattaccato, Thierry si scusò con le nuove amiche: si era scordato di dover fare una **COMMISSIONE** per la casa editrice!

– Casa editrice? – chiese Colette, incuriosita.

– Proprio così – confermò Pamela. – Thierry lavora per la **casa editrice** di sua sorella Hilde e... indovinate? Pubblicano fumetti!

– Che bello! – esclamò entusiasta Paulina. – Non abbiamo mai visitato una casa editrice specializzata in libri **ILLUSTRATI!**

Thierry allora propose: – Beh, se vi va di vederne una, potete accompagnarmi! Io però sono in bici...

– Anche noi! – esclamò Nicky.

Violet aggrottò le sopracciglia e chiese, perplessa: – Ah, sì? Abbiamo delle biciclette?!

– Proprio così – annuì l'amica. – Cioè... non ancora, ma venendo qui ho visto alcune stazioni di **BIKE SHARING***, quindi potremmo noleggiarle!

Detto fatto, le Tea Sisters montarono in sella a cinque **BICICLETTE** bianche e rosse.

* È un sistema che mette delle biciclette a noleggio a disposizione di cittadini e turisti.

Accompagnarono Thierry in tipografia per sbrigare la commissione che aveva dimenticato e infine raggiunsero il grande cortile che ospitava la **Hornet Edizioni**, la casa editrice fondata da Hilde.

– Benvenute, è un piacere conoscervi! – le salutò sorridente la sorella di Thierry, accogliendole sulla porta. Poi, simulando un'espressione severa, chiese al fratello: – Sei riuscito ad arrivare in tipografia prima che chiudesse, vero?

Thierry scattò sull'attenti: – Certo, capo! Mi ero momentaneamente distratto, ma sono riuscito a portare a termine con successo la missione locandine!

– Ottimo – annuì Hilde. – Allora vediamole subito!

Le **LOCANDINE** di cui parlavano i due fratelli erano quelle della mostra di Mila Leroy, l'evento più atteso del Fuori-Balloon.

– Sono carinissime – osservò Colette. – Sicuramente Pamela se ne farà *autografare* una dall'artista!

Pam sospirò: – Magari! Ma sarà impossibile...

– Già, purtroppo Mila Leroy non *partecipa* mai alle sue mostre – spiegò Hilde. – In realtà non partecipa a nessun evento pubblico...

– Di lei esiste una sola **FOTO**, ma risale a parecchi anni fa – disse Thierry, cercando sul suo cellulare lo scatto in questione e mostrandolo alle amiche. – Nessuno l'ha mai vista dal vivo. Per organizzare la mostra abbiamo **comunicato** solo via mail, non sappiamo neanche che voce abbia!

Mila Leroy

– Quindi è una fumettista misteriosa... – sorrise Paulina. – Mi piace!
Messe via le locandine, Hilde e Thierry raccontarono alle ragazze come si svolgevano le loro giornate di **lavoro**: la Hornet era una casa editrice nata da poco e c'era moltissimo da fare, anche perché loro due si occupavano da soli praticamente di tutte le *mansioni!*
– Uau... Non avrete tempo nemmeno per respirare! – commentò Nicky.
– Già, ma siamo contenti lo stesso perché i fumetti sono la nostra grande passione – sorrise Hilde.
– Peccato che siate così impegnati, ci sarebbe piaciuto chiedervi di mostrarci qualche posto speciale di Anversa – disse Pam.

A quelle parole, Thierry esclamò: – Anche a noi farebbe molto piacere! Non preoccupatevi, troveremo sicuramente qualche momento **libero** per fare i turisti!

– Che bello! – si rallegrò Colette. – Non vediamo l'ora di...

SCOPRIRE ANVERSA INSIEME A VOI!

DUE GUIDE SPECIALI

Hilde e Thierry mantennero la parola e, nonostante gli impegni per organizzare gli eventi del Fuori-Balloon, trovarono il tempo di far VISITARE la loro città alle nuove amiche. Così, terminata l'ultima lezione del corso di fumetto, il gruppetto cominciò l'esplorazione di Anversa.

– Oggi andremo a caccia di TESORI – annunciò Hilde con un sorriso. – E cominceremo dalle gemme più preziose...

I due fratelli portarono le Tea Sisters a visitare il Quartiere dei Diamanti, una zona della città molto famosa per la lavorazione di eleganti *gioielli*.

Alla scoperta di Anversa!

IL QUARTIERE DEI DIAMANTI:
DA PIETRE GREZZE A RAFFINATI GIOIELLI!

NEGOZIETTI DELL'USATO... CHE PASSIONE!

A SPASSO PER MUSEI ALLA SCOPERTA DEI PITTORI FIAMMINGHI!

3

TUTTE IN POSA PER UNA FOTO RICORDO AL CASTELLO HET STEEN... SORRIDETE!

4

A seguire fu il turno delle opere d'arte esposte nella casa-museo del celebre pittore fiammingo Rubens. E poi, grazie a Hilde, grande appassionata di abiti vintage, le Tea Sisters scovarono dei fantastici negozi dell'usato. Dopo lo shopping i ragazzi si spostarono nei pressi del fiume Schelde per vedere l'imponente **castello** medievale Het Steen. Infine, salutata Hilde che doveva tornare in ufficio, le Tea Sisters e Thierry raggiunsero il vecchio porto, per ammirare Anversa dalla TERRAZZA all'ultimo piano del MAS, il più grande museo cittadino.

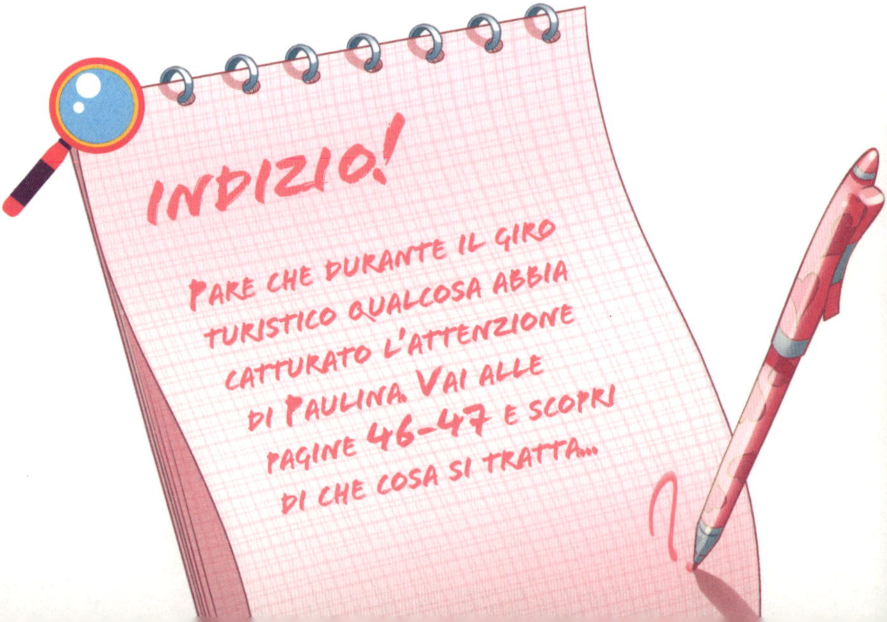

– Guardate che bello il fiume Schelde al tramonto! – esclamò Paulina.
– Un po' mi dispiace che il corso di fumetto sia già finito – sospirò Violet. – Ma allo stesso tempo sono felice, perché da domani avremo più tempo per goderci le *meraviglie* di questa città.
Il gruppetto rimase a lungo ad ammirare il *panorama*, fino a quando Thierry guardò l'ora sul telefono e trasalì: – Caspita, ma è tardissimo!

– Tardi per che cosa? – chiese Colette.

– Avevo promesso al mio amico Jozef che lo avrei accompagnato all'incontro di formazione per i volontari del Balloon Festival – spiegò Thierry. – Ma sono in ritardo!

– E allora corri! – lo incitò Pamela. – Noi ormai sappiamo orientarci da sole per la città.

– Beh... Jozef è uno dei miei migliori amici e mi piacerebbe molto presentarvelo – disse Thierry. – Vi andrebbe di venire con me?

– **Certo!** – annuì Pam. – Sbrighiamoci, così non dovrà aspettarci troppo!
Senza perdere altro tempo i ragazzi tornarono alle bici e sfrecciarono verso l'edificio che avrebbe ospitato il festival, dove si erano dati appuntamento tutti i cittadini che volevano dare una mano a *organizzare* l'evento.
– Ehi, Thierry! – bisbigliò Jozef, facendo segno all'amico di raggiungerlo. – Qui ci sono dei posti liberi!

Le Tea Sisters salutarono il ragazzo con un sorriso e si sedettero sul pavimento della grande sala, appena in tempo per sentire l'intervento del signor Martens, il **patron***
dell'evento.

– Sono molto contento di vedere che tanti giovani sono pronti a contribuire alla riuscita di questa nuova edizione del **FESTIVAL** – esordì dietro i baffoni castani. – Come sapete, il programma di quest'anno è particolarmente denso, quindi serviranno tutto il vostro impegno e tutte le vostre ENERGIE!

Il signor Martens passò a elencare i compiti dei volontari: accogliere i visitatori e fornire loro informazioni, accompagnare gli autori ospiti in giro per la città, preparare le sale per le conferenze, **VIGILARE** negli spazi in cui sarebbero state allestite le mostre... e tanto altro ancora!

– Che organizzazione complessa! – osservò

* Chi organizza un festival, un concorso o uno spettacolo.

Paulina, una volta terminato l'incontro. – È il primo anno che fai il volontario qui, Jozef?

Il ragazzo scosse la testa: – Io sono un **veterano** ormai. Do una mano sin dalla prima edizione!

– Immagino che ti aspettino giornate molto impegnative – disse Colette.

– **Confermo!** – rispose lui. Dopo un istante di silenzio aggiunse: – Ehi, ma... non è che anche a voi andrebbe di fare le volontarie?

– Sarebbe stupendo, ma non so se conosciamo abbastanza bene la città per offrirci come guide – rifletté Violet.

– Beh, ci sono tante altre cose da fare – la rassicurò Jozef. – E per quelle servono solo una grande *passione* per i fumetti e tanta voglia di divertirsi!

Pamela guardò le amiche con espressione furba: – Queste caratteristiche di certo non ci mancano. Che cosa ne dite, sorelle?
Sul viso delle amiche si dipinse un sorriso entusiasta...

– Diciamo di sììì!
Dov'è il banchetto per iscriversi?

Tempo di festival

Da quando il Balloon Festival era iniziato, Anversa era in fermento. Una FOLLA di appassionati e *cosplayers** provenienti da tutto il mondo aveva invaso le strade cittadine, ravvivandole con un allegro vociare e con i colori sgargianti dei travestimenti.

A qualche giorno dall'inaugurazione della fiera le Tea Sisters erano ormai diventate elementi fondamentali della squadra di volontari dell'evento.

Pamela, che amava guidare, si era offerta di accompagnare in auto gli autori ospiti alle presentazioni; Colette e Violet erano i volti SORRIDENTI che accoglievano i visitatori e

* Fan che si travestono come i loro personaggi preferiti dei fumetti.

dispensavano informazioni su mostre e conferenze; Paulina era diventata il braccio destro del tecnico del suono e Nicky si dava da fare all'area ristoro, dove offriva TÈ caldo ai visitatori infreddoliti.

– Qualcuna di voi per caso ha visto le chiavi della macchina? – chiese Pam guardandosi attorno, prima di uscire dall'appartamento.

Colette fece capolino dal bagno e, liberando la chioma bionda dall'ultimo bigodino, rispose: – No... Hai controllato bene nelle tasche del giaccone?

– Grande! Trovate! – esclamò l'amica, facendo tintinnare il mazzo appena recuperato. Poi, controllando l'ora, aggiunse: – L'autore che devo accompagnare questa mattina arriva tra un'ora. Se volete, prima di andare a prenderlo, vi do un passaggio!

– Sarebbe fantastico! Io sono pronta! – disse Nicky, mettendosi in testa il berretto.

BALLOON FESTIVAL
BENVENUTI!
PREGO!
FUORI BALLOON

– Anche io! – confermò Violet, chiudendo i bottoni del cappotto.

– Ci sono! – disse Paulina.

– E io... Io sono quaaasi... – aggiunse Colette, mentre in tutta fretta finiva di spazzolarsi i capelli, infilava un pacco di volantini in borsa, indossava la giacca e infine si spalmava il balsamo per le labbra. – ... Pronta!!!

Mentre le cinque studentesse di Topford si davano da fare per il festival ufficiale, Thierry e Hilde stavano riscuotendo grande successo con il **Fuori-Balloon**. Ma, per quanto le loro giornate fossero pienissime di impegni, le Tea Sisters e i loro nuovi amici avevano un appuntamento quotidiano a cui non potevano rinunciare...

– Eccomi, scusate il ritardo – disse Pam, sedendosi al tavolino del *bistrot** dove il gruppetto si riuniva ogni sera. Poi, mostrando agli amici lo schermo del suo cellulare, raccontò:

* Un *bistrot* è un tipico bar con tavola calda.

– Ho incontrato una *cosplayer* travestita da UNICORNO di Bubble Rainbow e ho dovuto assolutamente fare una foto da mandare ad Ali, la nostra amica di Detroit*!

– Bellissima idea! Quando era piccola era il suo VIDEOGIOCO preferito! – sorrise Colette. – Le farà sicuramente piacere.

– Allora, com'è andata la vostra giornata? – chiese Nicky, addentando un toast.

– Benissimo! L'evento per bambini era pieno di gente – rispose Hilde, soddisfatta. Quindi, scambiando uno sguardo complice con il fratello, aggiunse: – E... abbiamo una notizia grandiosa da darvi!

* Ali è una ragazza conosciuta durante il viaggio negli Stati Uniti d'America e raccontato nel libro *Avventura negli U.S.A.*

– ... Abbiamo raggiunto i mille **BIGLIETTI** prenotati per la mostra di Mila Leroy! – rivelò Thierry, felicissimo.

Seduta accanto all'amico, Pamela non riuscì a trattenere la gioia e lo abbracciò: – È un risultato super fantastico, *complimenti!*

– Grazie... – rispose Thierry, arrossendo.

Jozef si schiarì la voce: – Ehm, ci tengo a sottolineare che io sono stato l'acquirente del primo biglietto. E la prossima settimana sarò anche il primo a entrare all'**INAUGURAZIONE** e ammirare le tavole inedite del nuovo fumetto di Mila Leroy!

– Non avevo dubbi che la mostra sarebbe stata un successo! – esclamò Colette. – Proprio oggi io e Paulina abbiamo incontrato in tram una ***scolaresca*** che non vedeva l'ora di visitarla, vero Pilla?

– Eh...? Come dici? – borbottò Paulina, riscuotendosi dai suoi pensieri.

– Stavo raccontando degli studenti di stamattina – ripeté Colette. Poi, abbassando la voce, chiese: – Tutto bene? Mi sembri un po' distratta...

– Sì, sì – assicurò la ragazza, ritrovando il sorriso. – È solo che da un po' di giorni mi sembra di vedere sempre lo stesso TIZIO che ci ronza intorno... ma mi sarò sbagliata!

Il gruppetto rimase a chiacchierare ancora per un po'. Quando giunse il momento di salutarsi, Thierry prese un respiro profondo e chiese a Pamela: – Posso parlarti un attimo in privato?
– Certo! – rispose la ragazza e, rivolgendosi alle amiche, disse: – Avviatevi pure, vi raggiungo SUBITO!
– Va bene, non ti preoccupare. Noi passeggiamo con calma – assicurò Violet, scambiando un sorrisetto con le altre Tea Sisters.
A nessuna di loro era sfuggito che durante quei giorni in Belgio Pamela e Thierry erano diventati SUPER AMICI!
Rimasto solo con la ragazza, Thierry cercò di farsi coraggio e spiegò: – Volevo sapere se puoi prendere una giornata libera...
Pamela ci pensò su un attimo e poi confermò: – Al festival c'è parecchio da fare ma credo di sì... Perché?

A DOPO!
PUOI PRENDERE UN GIORNO LIBERO?

– Beh, ecco... – esitò Thierry, **emozionato**.
– Perché mi piacerebbe portarti in un posto **speciale**. Ti va?
– Uau! Un posto speciale? – ripeté Pamela.

– Farò di tutto per liberarmi!

Romantica Bruges

Come promesso, Pamela si impegnò per trovare qualcuno che la sostituisse al festival e qualche giorno dopo partì in macchina con Thierry, diretta a...

– Bruges!!! – esultò la ragazza, quando l'amico digitò la destinazione sul **navigatore**.

– Volevo tanto visitarla, ma io e le altre Tea Sisters non siamo riuscite a inserirla nel programma della vacanza!

– Spero che ti piacerà quanto piace a me – sorrise Thierry. – È uno dei luoghi che amo di più del mio *Paese*, ci tenevo molto a mostrartelo!

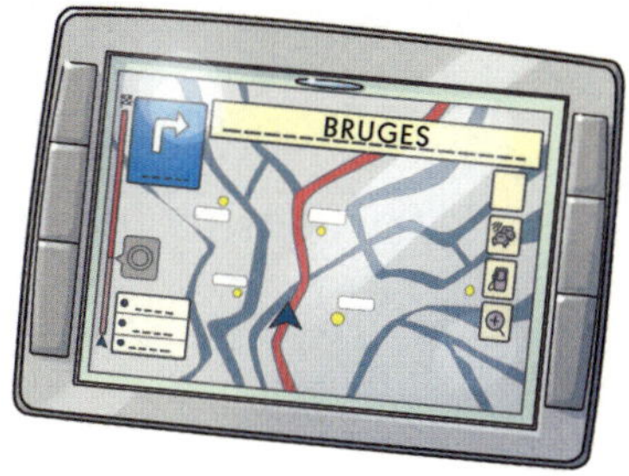

Accompagnati dalla playlist che il ragazzo aveva creato per l'occasione, i due trascorsero il viaggio chiacchierando allegramente e conoscendosi meglio. In un battibaleno giunsero a destinazione.

– Sono senza parole: ho immaginato tantissime volte questo posto e temevo che la realtà potesse deludermi. Invece è ancora più bello di quanto credessi! – esclamò Pamela, ammirando le casette variopinte di Grote Markt, una delle piazze più famose della città. – Grazie per aver organizzato questa gita, nonostante tutti gli impegni del festival!

Thierry arrossì: – Non preoccuparti, mi fa piacere! E poi oggi non ci sono eventi in programma per il Fuori-Balloon, è prevista solo la consegna delle TAVOLE per la mostra di Mila Leroy, ma se ne occuperà Hilde!

Proprio in quel momento nella piazza iniziò a risuonare una dolce melodia.

Bruges è magnifica!
Le campane del Belfort!

Pamela si guardò attorno, stupita: – Che cos'è? Sembra di stare dentro a un carillon!

– In un certo senso è proprio così – ridacchiò Thierry, indicando la torre che svettava sopra le loro teste. – Le campane del Belfort funzionano come un grande carillon. Se ti va, possiamo andare a vederle!

Così i due amici salirono gli oltre trecento gradini della stretta scalinata in legno e marmo che portava in cima alla torre. Lì rimasero a osservare le campane che, colpite dai martelletti, producevano quei suoni melodiosi. Tutto intorno a loro si stendeva la vista mozzafiato sulla cittadina medievale.

Mentre la musica andava sfumando, Pamela e Thierry scesero dal campanile e, dopo una bella passeggiata per le stradine del CENTRO STORICO, decisero di visitare Bruges da una prospettiva ancora più speciale: facendo un tour in barca attraverso i canali!

– Uau, mi sono divertita un sacco! – esclamò Pam, una volta tornata sulla terraferma.

– Sono **felice** che la gita ti sia piaciuta... – sorrise il ragazzo. – E ora, per concludere la giornata, vorrei mostrarti il mio posto preferito in assoluto: il Minnewaterpark!

Quando arrivarono a destinazione, la ragazza scoprì che si trattava di un meraviglioso **GIARDINO** con un laghetto popolato di candidi cigni.

Dopo aver gironzolato per un po' lungo i vialetti alberati, Thierry e Pamela si fermarono su un antico ponte di pietra ad ammirare le **acque** placide e il pittoresco paesaggio che si apriva attorno a loro.

– È uno dei posti più romantici che abbia mai visto... – sospirò Pamela.

– Posso assicurarle che al mondo non ne troverà di più **romantici**, signorina – disse improvvisamente una voce alle loro spalle.

TI PIACE?
CHE GITA FANTASTICA!
GUARDATE LÀ!

Pamela e Thierry si voltarono. Sul ponte stava sopraggiungendo una coppia di anziani a braccetto.

– Del resto, questo è il lago Minnewater, miei cari! – proseguì la signora, con un gran sorriso stampato sul viso. – Lo sapete cosa vuol dire, in fiammingo?

– Significa... 'amore'! – rivelò l'anziano. – Secondo un'antica leggenda, se due innamorati si scambiano una promessa su questo ponte, il loro AMORE durerà per sempre!
La signora guardò affettuosamente il marito e aggiunse: – Con noi ha funzionato!
La coppia si allontanò e i ragazzi rimasero qualche istante in silenzio: nessuno dei due sapeva bene che cosa dire...

A interrompere quel momento di imbarazzo ci pensò il telefono di Thierry.

– Ops, è Hilde... scusa un attimo – disse il ragazzo, rispondendo. – Pronto? DAVVERO?! Ma com'è possibile? Sì, sì, torniamo subito!

– Che cos'è successo? – chiese Pamela, allarmata dal tono concitato dell'amico. – Ci sono PROBLEMI?

Thierry confermò con un cenno del capo e disse solo: – Te lo spiego durante il viaggio, ora torniamo alla macchina!

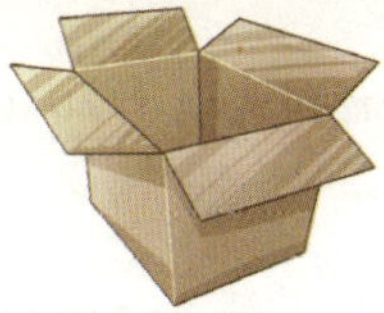

Un problema inatteso

Il viaggio di ritorno da Bruges fu piuttosto teso e silenzioso.

Thierry guidava concentrato, ma nei suoi occhi un'**ombra** scura aveva preso il posto dell'allegria che li aveva illuminati per tutta la giornata trascorsa a spasso per Bruges in compagnia di Pamela.

Al telefono Hilde non era scesa nei dettagli di ciò che era successo, ma il fratello aveva intuito che si trattava di qualcosa di molto GRAVE che riguardava l'importantissima mostra di Mila Leroy.

Al loro arrivo ad Anversa, Pam e Thierry trovarono gli amici ad attenderli. Tutti avevano dipinta sul viso la stessa espressione carica di preoccupazione.

– Oh, eccoti, finalmente! – esclamò Hilde, quando il fratello entrò con Pam alla Hornet Edizioni. – Siamo nei GUAI...

Senza aggiungere altro, la giovane spostò lo sguardo su un grosso SCATOLONE piazzato in mezzo alla stanza. Pamela se ne accorse e chiese:

– Il problema riguarda la spedizione delle tavole per la mostra? Sono arrivate rovinate?

Paulina scosse la testa: – No, è una cosa ancora più grave e assurda! Le tavole sono arrivate intatte, ma sono... sbagliate!

Thierry esclamò: – Che cosa?! Come sarebbe a dire, sbagliate?

Hilde prese dalla scatola uno dei disegni e lo mostrò ai nuovi arrivati, spiegando: – Le immagini che aspettavamo non sono queste!
– Eppure, mi sembra proprio il TRATTO di Mila Leroy – disse Pam, osservando i disegni.
– Sì, sono senz'altro opere di Mila – specificò Colette. – Ma non sono quelle giuste!
Nicky continuò: – Lei aveva preso accordi con la casa editrice per inviare le tavole di un fumetto **inedito**, mentre queste sono tavole comparse in storie già pubblicate!
– Proprio così – confermò Jozef. – Mi è bastata un'occhiata per accorgermene, conosco le sue opere a memoria!
Pamela aggrottò la fronte e aggiunse, sconsolata: – *E adesso?*
– È un problema enorme – spiegò Hilde. – I fan di Mila stanno arrivando da tutto il Belgio appositamente per ammirare le nuove tavole in esclusiva. Non possiamo **deluderli!**

CHE STRANO...
LE TAVOLE SONO SBAGLIATE!
CHE COSA?!

– Sono sicuro che c'è stato un errore – disse Thierry, chinandosi sullo scatolone per ricontrollarne il CONTENUTO. – Mila ci aveva assicurato che avremmo potuto esporre delle opere inedite!
Hilde sospirò: – Anch'io spero che si tratti di una svista, ma finché non riusciremo a contattare Mila Leroy non sapremo che cos'è successo!
I ragazzi della Hornet Edizioni tenevano i contatti con la fumettista via mail, così, non appena Hilde si era accorta delle tavole sbagliate, aveva provato a scriverle...
– Non ha ancora risposto, che strano! Le altre volte l'ha fatto subito – rifletté la ragazza.
– E se provassimo a chiamare il suo agente? – propose Thierry. – Dopotutto è stato lui a darci l'indirizzo mail.
– Abbiamo già tentato – raccontò Paulina.
– Ma risponde sempre la segreteria!

Proprio in quel momento il cellulare di Hilde prese a squillare.
– È lui! È il signor De Vos! – annunciò la ragazza, selezionando l'opzione del vivavoce.
– Pronto?
L'agente, che da sempre si occupava di rappresentare l'artista dall'identità segreta, ascoltò con attenzione il racconto di Hilde, poi si schiarì la voce e lasciò passare qualche istante prima di rispondere.
– Capisco – disse infine. – Mi dispiace, purtroppo in questo momento non sono in grado di darvi una risposta soddisfacente. L'unica cosa che posso fare è provare a mettermi in contatto con Mila e farvi sapere qualcosa appena possibile.
– La mostra inizia tra pochi giorni – gli fece notare Thierry. – E se le tavole giuste non arrivano in fretta, non riusciremo mai ad allestirla in tempo per l'INAUGURAZIONE!

Il signor De Vos prese un profondo respiro, quindi concluse: – Capisco, farò del mio meglio... A presto.
Al termine della telefonata, un silenzio avvilito calò nella stanza. Dopo qualche istante Nicky si riscosse e si decise a dire qualcosa per **rincuorare** gli amici.

– Coraggio, non abbattetevi, Mila è una professionista seria! Sono certa che si è trattato solo di un **ERRORE** e che appena se ne accorgerà farà di tutto per rimediare! – esclamò ottimista la ragazza.
– Speriamo – sospirò Hilde. – O l'evento più atteso del Fuori-Balloon sarà un vero **FLOP!!!**

CHE PASTICCIO!

Le tavole sbagliate erano davvero un bel problema, ma oltre alla **mostra** di Mila Leroy c'erano anche tante altre cose di cui occuparsi. Sia il Balloon Festival che il Fuori-Balloon dovevano continuare!

Il giorno seguente il gruppetto si riunì come faceva sempre, questa volta non al solito *bistrot* ma alla sede della Hornet Edizioni.

– Allora, qualche **NOVITÀ?** – chiese Pamela.

Poi, osservando le espressioni demoralizzate di Thierry e Jozef, aggiunse: – No, eh?

Thierry scosse la testa e precisò: – Mila non ha ancora risposto alle nostre mail...

– Questa faccenda si fa sempre più strana! –

commentò Paulina. – E che cosa mi dici del suo agente? È riuscito a contattarla?

– Hilde sta parlando con lui in questo momento – spiegò Jozef, sollevando lo sguardo verso il soppalco. – Speriamo bene!

Quando però, pochi minuti dopo, la ragazza scese la scala a chiocciola che portava al piano inferiore, fu subito chiaro che non aveva ricevuto informazioni utili.

– Niente da fare. Pare che il signor De Vos non abbia avuto notizie da Mila, né sia riuscito a contattarla – raccontò. – Ha detto che continuerà a provare, ma capita che lei scompaia anche per giorni, quando è impegnata a CREARE, quindi...

– ... Quindi potrebbe anche rispondere quando l'inaugurazione della mostra sarà ormai passata – la anticipò Nicky.

Quell'ipotesi gettò nello SCONFORTO i due fratelli.

QUALCHE NOVITÀ?
STANNO PARLANDO AL TELEFONO...

Come se non bastasse, a peggiorare la situazione giunse una visita INASPETTATA...
– Signor Martens, che sorpresa! Non sapevamo che sarebbe passato a trovarci – esclamò Hilde, vedendo entrare il patron del Balloon Festival. Poi, notando il suo sguardo preoccupato, la ragazza chiese: – Possiamo fare qualcosa per lei?

– Buonasera, ragazzi – salutò lui, accennando un sorriso. – Scusate se piombo qui all'improvviso, ma la mail che mi avete inviato mi ha un po' allarmato, quindi vorrei chiarire la faccenda con voi.

Senza perdere tempo, fratello e sorella fecero accomodare l'ospite nel piccolo ufficio sul soppalco, mentre le Tea Sisters e Jozef attesero silenziosamente al pianterreno.

– Scommetto che Martens vuole parlare della mostra di Mila Leroy – sussurrò Jozef alle amiche. – Hilde gli ha scritto per metterlo al corrente di ciò che stava succedendo, ma probabilmente lui vorrà assicurarsi di persona che le cose possano risolversi!

L'incontro non durò molto e, quando se ne andò, il signor Martens aveva l'aria finalmente rassicurata.

Hilde lo seguì con lo sguardo attraverso la porta a vetri. Una volta scomparso alla vista, la ragazza si rivolse agli amici: – Gli abbiamo detto che stiamo facendo il possibile per capire cos'è successo e trovare un modo per rimediare. Ora non ci resta che sperare che i nostri SFORZI diano qualche risultato!

– Devono darlo per forza! – esclamò Thierry.

– Il signor Martens ci ha affidato l'organizzazione del Fuori-Balloon, non possiamo tradire la sua fiducia mandando a monte l'*evento* più importante in programma!

Jozef si grattò la testa pensieroso e commentò: – Sarebbe proprio un bel pasticcio...

– Ehm, non vorrei darvi un'altra brutta notizia – intervenne Paulina, scorrendo velocemente lo schermo del suo *tablet*. – Ma temo che il signor Martens non sarà l'unico a non prendere bene un'eventuale modifica al programma della mostra...

Così dicendo, la ragazza mostrò agli altri la pagina di un forum dedicato ai fumetti.

Gli appassionati e i fan si scambiavano informazioni sulle ultime novità e, neanche a farlo apposta, l'argomento più gettonato del momento era... la mostra di opere inedite di Mila Leroy, ORGANIZZATA da Hilde e Thierry!

– Oh, no! Tutti dicono che non vedono l'ora di ammirare le tavole inedite – notò il ragazzo. – E che siamo stati geniali a organizzare questa mostra!

Hilde era sempre più preoccupata: – Se tutte queste persone arriveranno all'inaugurazione e al posto dei disegni inediti si troveranno davanti delle tavole che già conoscono, noi faremo una figuraccia e la nostra casa editrice sarà ritenuta da tutti poco seria! Non possiamo rischiare di rovinarci la reputazione così!

A quelle parole, le Tea Sisters si scambiarono un'occhiata complice e determinata.
I loro amici erano davvero in **DIFFICOLTÀ** e loro dovevano assolutamente trovare un modo per aiutarli...

A TIRARSI FUORI DA QUEL PASTICCIO!

Chi è Dirk?

Quella strana faccenda si faceva sempre più **misteriosa**...

Tutto ciò che le Tea Sisters avevano chiaro era che alla sede della Hornet Edizioni era arrivata una scatola contenente dei disegni di Mila Leroy diversi da quelli previsti, ma nessuno riusciva a fornire una **spiegazione** dell'accaduto. Quindi... sarebbe toccato a loro trovarla!

Il giorno seguente, per cominciare, le cinque amiche si precipitarono nell'ufficio del corriere espresso che si era occupato della consegna e chiesero aiuto all'*impiegato* che le accolse.

– Mmmh, vediamo un po' – disse l'addetto, digitando al computer il codice della consegna alla **Hornet Edizioni** di qualche giorno prima. – Sì, eccola. Proveniva da Bruxelles!

– Esatto – confermò Paulina. – Avremmo bisogno di conoscere tutti i **dettagli** che può fornirci su questa spedizione!

– Per esempio, il mittente ha chiesto che il pacco fosse ritirato di persona dal destinatario? – domandò Nicky.
L'impiegato scosse la testa e disse: – No. Inoltre la spedizione è stata effettuata dalla sede di Bruxelles della nostra società.
– E può confermarci che a spedire il pacco è stata Mila Leroy? – aggiunse Violet.
– Certo – annuì l'impiegato. – Ho proprio qui una copia della ricevuta firmata da lei!
Colette sorrise e rispose: – Grazie mille per l'aiuto, ci è stato utilissimo!
Una volta in strada, le ragazze fecero il punto della situazione. Era stata Mila Leroy in persona a occuparsi della SPEDIZIONE, quindi non poteva trattarsi di un errore dovuto alla disattenzione di un collaboratore e tantomeno della **disonestà** di qualcuno che si era occupato della consegna del pacco per impossessarsi delle tavole.

– Siamo punto e a capo – sospirò Pam. – Ma perché Mila avrebbe deciso di non rispettare gli accordi presi con Hilde e Thierry? Non ha alcun senso!

DLIN DLIN DLIN DLIN DLIN DLIN!

Richiamate da uno scampanellio, le ragazze si voltarono e videro sopraggiungere proprio Hilde, in sella alla sua bicicletta.

– Eccovi! – esclamò accostando. – Thierry mi ha detto che eravate qui! Avete scoperto qualcosa di **NUOVO?**

– Poco o nulla, purtroppo – rivelò Paulina. Ma la ragazza non riuscì a terminare la frase, perché la sua **attenzione** fu improvvisamente attirata da una figura che passò velocissima accanto a lei e alle amiche, sfrecciando a testa bassa in **BICICLETTA**.

– Com'è possibile che in una città tanto grande io incroci sempre la stessa persona?! – si domandò Paulina ad alta voce.
– Intendi il **TIZIO** di cui ci parlavi al *bistrot*? – chiese Colette.
– Proprio lui! – confermò Paulina. – È appena passato in bicicletta!
Pamela si voltò nella direzione in cui si era diretto lo sconosciuto: – In effetti anche io ho notato una bici! Era **decorata** a strisce colorate, ma non ho fatto caso a chi la guidasse.

Sentendo parlare di quel dettaglio, improvvisamente Hilde si incupì: – Io conosco qualcuno che ha una bici così. Il mio ex socio, Dirk!
Incuriosita da quella coincidenza, Paulina chiese alla ragazza

se avesse una **FOTO** di Dirk da mostrarle e, quando si trovò davanti lo scatto, la ragazza sgranò gli occhi per la sorpresa.
– È lui – confermò. – È il tizio che continuo a vedere da quando siamo arrivate qui!
– Beh, spero proprio che non capiti più, perché io non ho alcuna voglia di **INCONTRARLO** – sbottò Hilde. Poi, con un sospiro, spiegò tutto alle amiche.
All'epoca in cui aveva fondato la Hornet Edizioni, Hilde non era da sola, ma era affiancata da un **SOCIO**: il suo amico e compagno di studi Dirk. Pochi mesi dopo la nascita della casa editrice però il ragazzo aveva abbandonato di punto in bianco l'impresa, per aprirne una **tutta sua!**
– Mi ha lasciata da sola, proprio mentre lavoravamo alla pubblicazione del nostro primo fumetto – raccontò Hilde. – Per **fortuna** ho potuto contare su mio fratello Thierry, che

si è offerto di darmi una mano e poi ha continuato a collaborare con me!

– E da allora Dirk non si è più fatto sentire? – chiese Colette, stupita.

– Non l'ho mai più visto né sentito – confermò Hilde. – In compenso però ho saputo che è andato a raccontare in giro che sono una pessima editrice e pubblico fumetti scadenti!

Pam si lasciò sfuggire un fischio e commentò:

– Capisco perché non vuoi più vederlo. Si è dimostrato un PESSIMO socio, oltre che un PESSIMO amico!

Paulina si accarezzò il mento, pensierosa.

– Quindi non hai notizie di

Dirk fin dai tempi della pubblicazione del primo fumetto della Hornet Edizioni, mentre eccolo che salta fuori proprio adesso. Questa sì che è una coincidenza interessante!

Nicky osservò l'amica ed esclamò: – Conosco quello sguardo... C'è qualcosa che ti frulla per la testa!

Paulina abbozzò un sorriso e rispose: – Forse sì, ma è solo una sensazione. Per il momento concentriamoci su qualcosa di concreto!

– D'accordo! – approvò Hilde. – Ma da dove ripartiamo?

– Ripartiamo... con un passo INDIETRO! – propose Paulina. Quindi rientrò nella sede del corriere espresso da cui lei e le amiche erano uscite poco prima.

Un dettaglio importante

L'impiegato della ditta di spedizioni si dimostrò ancora una volta gentile e disponibile. Quando Paulina gli chiese se fosse possibile sapere il nome del **fattorino** che si era occupato di recapitare il pacco di Mila Leroy alla Hornet Edizioni, lui annuì e avviò una ricerca sul suo COMPUTER.

– Ecco qui: a effettuare la consegna è stato Peter – annunciò infine.

– Grazie, molto gentile! Potrebbe riferirgli che... – riprese Paulina.

Ma l'*impiegato* la interruppe, facendo un cenno verso l'ingresso: – Potete parlare direttamente con lui. Eccolo che arriva!

Le amiche si voltarono: attraverso la porta a vetri dell'ufficio videro un **ragazzo** dalla folta capigliatura che parcheggiava un furgoncino con il logo della ditta. Era lui che aveva trasportato il **PACCO**, e le Tea Sisters speravano che avesse qualche dettaglio importante da condividere con loro.

– Buongiorno, Peter! Avremmo bisogno del tuo **aiuto**, potresti concederci qualche minuto? – esordì Pam, raggiungendo il fattorino.

Il giovane sbirciò l'orologio e rispose: – Ma certo! Il mio turno inizia tra un quarto d'ora, fino a quel momento sono a vostra completa disposizione!

– Ottimo, grazie! Ci risulta che qualche giorno fa hai consegnato un pacco a una **casa editrice** che si chiama Hornet Edizioni. Volevamo sapere se ricordi qualche particolare di quella spedizione – spiegò Colette.

– Ho capito di che consegna parlate – disse lui senza esitazioni. – Nella palazzina con quel gigantesco **cortile**. Ci ho messo un po' a trovare la porta giusta!

– Esatto – confermò Hilde. – In effetti è molto grande e all'inizio mi perdevo anch'io.

– Il pacco era per te? – dedusse Peter. – Quindi sei tu la **ragazza** con cui ho parlato al telefono!

Violet assunse un'espressione perplessa e chiese: – Voi due avete parlato al telefono?

Hilde confermò: – Sì, sono dovuta uscire per una commissione **imprevista**. Dato che aspettavo una consegna così importante, ho attaccato un **FOGLIETTO** con il mio numero di telefono sulla porta. Quando Peter mi ha chiamata, gli ho chiesto di lasciare il pacco sul *pianerottolo*. Stavo tornando e sarei rientrata di lì a pochi minuti...

Dopo quella rivelazione, le Tea Sisters si scambiarono un'occhiata d'intesa: il pacco contenente i disegni di Mila era rimasto, anche se per poco, **INCUSTODITO!**

Peter ridacchiò: – Hai rischiato di non riceverlo proprio, il tuo pacco. Quel cortile è così grande che ho trovato a stento

la tua porta e il bigliettino che avevi lasciato! Per fortuna ho incontrato un ragazzo gentile che stava venendo proprio da te e mi ha mostrato dove andare!

– Un ragazzo? Che STRANO, non avevo appuntamenti quel giorno – disse quasi tra sé Hilde. Ma a distoglierla da quel pensiero sopraggiunse una telefonata. La ragazza controllò lo schermo del cellulare e si scusò: – È il signor De Vos, devo rispondere. Forse ha qualche novità!

E così dicendo si allontanò.

Mentre Hilde parlava con De Vos, le altre ripresero la conversazione con il fattorino. L'ultima frase di Peter aveva fatto scattare un campanello d'allarme nella testa di Paulina, e lei non aveva certo intenzione di lasciar cadere l'argomento.

La ragazza si schiarì la voce e chiese: – Per caso sapresti descriverci questo ragazzo?

Peter rifletté qualche istante: – Beh, aveva i capelli ricci e gli occhi chiari, ed è arrivato in bicicletta mentre io parcheggiavo il furgone.

– Per caso ricordi qualche particolare della sua **BICICLETTA?** – lo incalzò Nicky, intuendo dove voleva andare a parare l'amica.

– Sì, era una bici molto originale: tutta a strisce colorate – ricordò Peter. – Ho pensato che fosse per via del Balloon Festival.

Dopo aver aggiunto quel *dettaglio*, il fattorino si congedò per iniziare il turno di lavoro, mentre le ragazze si riunirono per scambiarsi le loro impressioni.

– Okay, sorella – disse Pamela a Paulina. – Mi sa che la tua non era solo una *sensazione*... Questo Dirk sta ronzando attorno a Hilde ed

E ORA DOVE SARÀ LA HORNET EDIZIONI?

POSSO AIUTARLA?
BOOOM

è piuttosto strano, considerato che non si parlano da **tantissimo tempo!**

Proprio in quel momento Hilde tornò con l'ennesima brutta notizia.

– Il signor De Vos non è riuscito a contattare Mila – annunciò **sconsolata**. – E ha detto che non farà altri tentativi... Se non risponde, dev'essere perché è impegnata e lui non vuole disturbarla ancora.

– Non ti preoccupare, sono certa che verremo a capo di questa faccenda – la rassicurò Colette.

Anche se Hilde non lo sapeva, nei pochi minuti in cui si era **assentata** le Tea Sisters avevano individuato una nuova pista ed erano decise a seguirla!

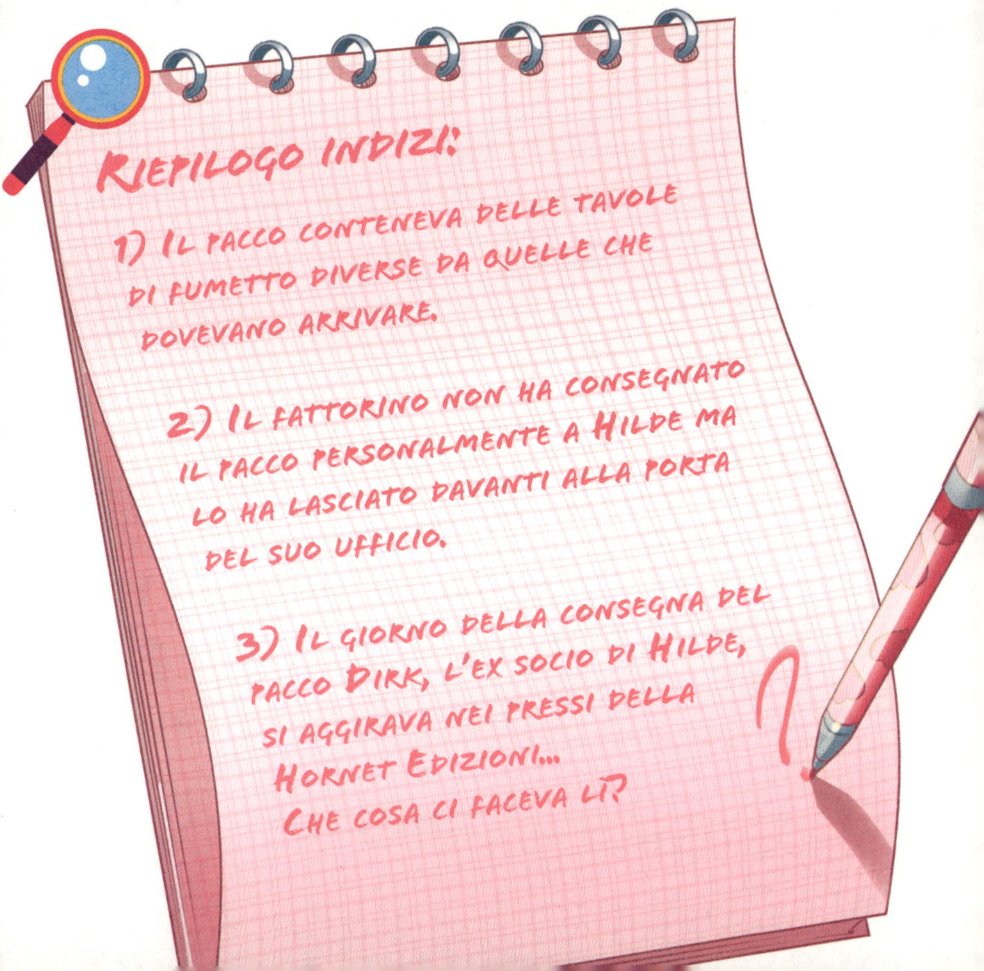

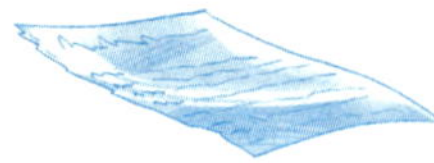

Sospetti e bugie

La presenza di Dirk nel cortile della Hornet Edizioni proprio nel momento in cui venivano consegnate le tavole di Mila era decisamente sospetta...

– Ci ho pensato a lungo – disse Paulina alle altre, una volta che Hilde se ne fu andata. – Mi sono resa conto che Dirk ha iniziato a SPUNTARE nei paraggi solo da quando abbiamo conosciuto Hilde e, guarda caso, compare proprio quando c'è anche lei!

– È vero... Anche questa mattina è passato quando

Hilde ci ha raggiunte – osservò Pam. – Come se la stesse seguendo!

– E se la stava SEGUENDO, forse sapeva anche che, al momento della consegna del pacco, Hilde non era in ufficio – aggiunse Violet.

Colette arrotolò una ciocca di capelli attorno a un dito con fare pensieroso e considerò:

– Hilde ci ha detto che in passato Dirk ha cercato spesso di metterle i bastoni tra le ruote... E se in qualche modo fosse riuscito a sostituire il contenuto del PACCO spedito da Mila Leroy per rovinare la mostra e danneggiare la Hornet Edizioni?

– In effetti è un'ipotesi plausibile – rifletté Nicky. – Dovremmo parlargli.

Rintracciare Dirk non fu complicato: anche lui lavorava nel mondo del FUMETTO. Tutti quelli che stavano allestendo il festival lo conoscevano e poterono quindi aiutare le Tea Sisters nella loro indagine.

– Certo che so chi è Dirk – disse la volontaria all'ingresso dell'edificio che ospitava l'evento. – L'ho visto passare proprio poco fa, credo stesse andando alla presentazione nella sala conferenze A!
Le cinque amiche si misero ad aspettare pazientemente fuori dalla sala e quando Dirk ne uscì, alla fine dell'incontro, misero in atto il loro piano.
– Ehi, ciao! – esordì Paulina, salutando il ragazzo con un gran sorriso.
Dirk la guardò, interdetto e un po' imbarazzato, e replicò: – Ehm... ci conosciamo?
– Non ci siamo mai presentati, ma in questi giorni ci siamo INCROCIATI spesso. Sei un editore di fumetti, giusto? – ribatté Colette, ben sapendo che Dirk stava solo fingendo di non averle mai viste.
– Ci ha parlato di te una nostra amica che si chiama Hilde – precisò Nicky.

Sentendo quel nome, Dirk si fece improvvisamente PAONAZZO: – Ah, sì?! E che cosa vi ha detto...?
Pam fece spallucce: – Che un tempo lavoravate insieme, ma che ora non vi frequentate più.
– Già, infatti... Sono secoli che non mi capita di vederla – tagliò corto Dirk. – Ora scusate, ma devo proprio andare!

Detto ciò, il ragazzo si allontanò in tutta fretta, gettandosi occhiate nervose alle spalle.

– Sono quasi certa che ci nasconda qualcosa – confidò Paulina alle altre. – Insomma, noi sappiamo benissimo che ultimamente Dirk ha visto spesso Hilde in giro per la città. Perché non vuole ammetterlo?

– Credo che l'unico modo per scoprirlo sia continuare a tenerlo d'occhio – disse Pamela. Così, senza perdere altro tempo, si mise sulle **TRACCE** del ragazzo insieme alle amiche. In sella alle biciclette, attente a non farsi notare, le Tea Sisters seguirono Dirk per le stradine del CENTRO STORICO. Dopo non molto si ritrovarono in un luogo che ormai conoscevano bene...

– Sta legando la bici fuori dal palazzo della **Hornet Edizioni!** – esclamò Colette, accostando qualche metro più in là.
– È entrato nel cortile – aggiunse Paulina.
– Presto, andiamo!
Tenendosi a debita distanza e usando come riparo le **piante** che abbellivano il cortile, le cinque amiche seguirono il giovane e lo osservarono mentre si aggirava con fare sospetto nei dintorni della casa editrice.
– Ciao, ragazze! Che cosa state facendo? – chiese improvvisamente una voce alle loro spalle.
Si trattava di Hilde, il cui sorriso svanì completamente quando si accorse della presenza dell'ex socio. Andandogli incontro, lo apostrofò: – **E tu??? Cosa ci fai qui?!**
Dirk la vide e trasalì: – Hilde! Ecco, io... posso spiegarti tutto!
– Sentiamo, che cosa c'è da spiegare? – sbottò

CIAO, RAGAZZE!
TENIAMOLO D'OCCHIO...

la ragazza, incrociando le braccia. – Credevo che noi due non avessimo più nulla a che fare!
– In realtà, Hilde, anche se non vi parlate da molto tempo credo che qualche spiegazione la meriteresti... – si intromise Violet. – Forse tu non te ne sei accorta, ma è da un po' di giorni che il tuo ex socio ti **SEGUE**... Non è vero, Dirk?
Il ragazzo allora chiuse gli occhi e fece un respiro profondo. Quando infine parlò, la sua *confessione* fu decisamente diversa da quella che le Tea Sisters si aspettavano.
– La verità è che stavo cercando l'occasione giusta per parlarti, Hilde – disse il giovane.
– Mi manchi, mi manca lavorare con te e mi manca essere tuo amico!
Le ragazze si scambiarono un'occhiata sbalordita e Nicky chiese: – Quindi è per questo che le ronzavi intorno? Volevi parlarle, ma non trovavi il coraggio?

Il ragazzo annuì e riprese: – Qualche giorno fa sono addirittura venuto qui per lasciarti una lettera. Volevo infilarla sotto la porta del tuo ufficio, ma ho incrociato un **fattorino** che stava consegnando un pacco per te: ho pensato che non fosse un buon momento e ci ho rinunciato.
Di fronte a quella *rivelazione,* Hilde rimase a bocca aperta, incapace di ribattere.
– Quindi Dirk non ha niente a che fare con le tavole di Mila – borbottò Paulina tra sé e sé.
Lui la guardò perplesso, ma Colette intervenne, cambiando discorso: – Hai ancora con te quella **lettera?**
– Sì... Perché? – chiese il ragazzo, con aria smarrita.
– Perché questo potrebbe essere il momento perfetto per consegnarla di persona – suggerì la ragazza, con tono incoraggiante.
Poi, strizzando l'occhio alle altre amiche,

aggiunse: – Ehi, ma noi siamo in ritardo per quell'impegno importantissimo...
– Giusto! – esclamò Pamela, intuendo subito le intenzioni di Colette. – Dobbiamo proprio scappare...
E senza aggiungere altro le Tea Sisters si allontanarono, lasciandoli soli.

Adesso che erano certe che Dirk non c’entrava niente e non aveva cercato di **SABOTARE** il lavoro dei loro amici, le cinque ragazze dovevano darsi da fare per cercare una nuova pista...

MISTERIOSI DETTAGLI

Le scuse di Dirk erano state una piccola parentesi felice per Hilde. Scoprire che l'amico di un tempo era **dispiaciuto** per come si era comportato aveva permesso alla ragazza di dimenticare per qualche ora i problemi relativi all'imminente mostra di Mila Leroy.

Quei **PROBLEMI** però non si sarebbero risolti da soli: Hilde e Thierry dovevano trovare una soluzione al più presto!

– Ehi, come va? – chiese Pamela, facendo capolino dalla scala a chiocciola nell'**UFFICIO** soppalcato.

Seduto alla scrivania della sorella, Thierry distolse lo sguardo dallo schermo del computer

e sospirò: – Non avrei mai creduto di poterlo dire, ma va sempre peggio. Siamo arrivati a più di MILLECINQUECENTO biglietti venduti!
– Per mille bielle sbiellate, sono tantissimi! – esclamò Pam, raggiungendo l'amico.
Thierry accennò un mezzo sorriso: – Già, peccato che tutte queste persone si aspettino di ammirare una serie di disegni **inediti**, mentre noi non abbiamo ancora deciso come comunicare che non sarà così.
– Capisco... Che cosa avete intenzione di fare? – chiese Pamela.
– Abbiamo pensato di ESPORRE comunque le tavole che abbiamo ricevuto, creando un percorso tematico che accompagni i visitatori attraverso le varie opere – spiegò Thierry con un sospiro. – Non è la mostra che avevamo pensato, ma è sempre meglio di niente...
In quel momento la porta al pianterreno si aprì ed entrò Jozef.

– **Eccomi!** – salutò il giovane, mentre appoggiava a terra una borsa voluminosa. – Qui dentro ci sono praticamente tutti i fumetti pubblicati da Mila Leroy. Siete pronte a mettervi al *lavoro*, ragazze?
Le Tea Sisters non se lo fecero ripetere due volte e corsero ad aiutarlo.

– **Aspettate,** vi diamo una mano anche noi! – esclamò Pamela, scendendo con Thierry dal soppalco.
– Ne avremo bisogno! – osservò Colette, iniziando a curiosare dentro al borsone di Jozef.
– Abbiamo un bel po' di ALBI da sfogliare, per individuare le storie da cui provengono le tavole.

– Il nostro Jozef è uno dei maggiori esperti di Mila Leroy – SCHERZÒ Hilde, dando una pacca sulla spalla all'amico. – Secondo me sa già benissimo a quali fumetti appartengono le tavole. Ci ha coinvolti nella ricerca solo per mostrarci quanto è bravo!

Jozef ridacchiò: – Devo ammettere che qualche idea ce l'ho, ma il vostro **aiuto** sarà comunque fondamentale!

Così il gruppetto di amici si mise pazientemente all'opera.

– Ci siamo! – esclamò soddisfatta Nicky a lavoro ultimato, abbinando l'ultimo disegno al rispettivo fumetto.

– Grazie dell'aiuto, ragazze! Ora non ci resta che preparare i cartellini con le didascalie da esporre accanto a ogni tavola e... – iniziò a dire Hilde. Ma subito si interruppe e guardò perplessa Paulina, che si era avvicinata a uno dei disegni e lo studiava attentamente.

– Ehm... tutto bene? Il volume è quello giusto? – chiese Hilde.
A quella domanda Paulina si girò verso gli amici e, con l'aria di chi sente **PUZZA** di bruciato, disse: – Il fumetto è quello giusto... è la tavola che non torna!

CHE COSA SUCCEDE?
QUALCOSA NON TORNA...

TROVA LE DIFFERENZE

I ragazzi si avvicinarono a Paulina. Esaminarono attentamente la tavola **originale** e poi osservarono meglio la stessa tavola nella versione **pubblicata**, così come appariva nel fumetto di Jozef.

– Hai ragione, Pilla – esclamò Violet dopo un'osservazione scrupolosa. – Questa vignetta è... DIVERSA!
– Ma com'è possibile?! – chiese Hilde, sconcertata. – Se sono diverse da quelle pubblicate, significa che queste non sono le tavole originali dei fumetti di Mila!
Thierry sospirò: – Sono sempre più confuso...
– Okay, okay, non facciamoci prendere dall'emozione e ragioniamo con calma – propose Nicky. – Dev'esserci per forza una spiegazione a questo mistero!
– Tanto per cominciare, queste sono tavole originali, su questo non ho dubbi – affermò Jozef. – È da quando sono arrivate che le ammiro e sono certo della loro autenticità!
– Però resta il fatto che in questa tavola compare un elemento che nella versione stampata non c'è – fece notare Colette.
– Per quanto ne sappiamo, potrebbero essere

tutte leggermente diverse! – rifletté Thierry.
– Magari Mila ha continuato a lavorarci dopo la pubblicazione, anche se mi sembra **STRANO**...

– E allora non ci resta che controllare – propose Pam.
– Io sono pronta: il 'trova le differenze' è sempre stato il mio gioco preferito delle riviste di ***enigmistica!***

Così il gruppetto si rimise all'opera, controllando ogni minimo dettaglio di ogni singola tavola e confrontandolo con la versione stampata.
Fu un lavoro lungo e meticoloso, ma alla fine le Tea Sisters e i loro amici riuscirono a restringere il campo.
– Tre tavole sulle trenta che ci sono arrivate presentano una piccola **differenza** rispetto alla versione pubblicata – concluse Colette.

– E in tutti e tre i casi si tratta di un elemento aggiunto successivamente alla pubblicazione.
Jozef prese una delle tavole **originali** e, inclinandola in modo da catturare tutta la luce possibile, la studiò da vicino.
– Hai ragione... Sembra che questi dettagli siano stati disegnati con un pennino leggermente diverso.
Paulina si avvicinò per vedere meglio e confermò la tesi dell'amico:
– Si tratta dello stesso inchiostro, ma la punta del pennino ha uno spessore diverso da quello usato per il resto del disegno. I bordi sono più SOTTILI.
Nella casa editrice calò nuovamente il silenzio. La prima a distogliere lo sguardo dalle tavole

fu Pamela, che disse: – Io non credo che si tratti di un caso. Qualcuno deve aver modificato *volontariamente* questi disegni!
– Con 'qualcuno' intendi... Mila? Perché è stata lei a inviarle e, per quanto ne so, nessuno è mai entrato nel suo **STUDIO**, nemmeno il suo agente – fece notare Hilde.
– Ma perché avrebbe dovuto fare una cosa del genere? – chiese Thierry spaesato.
Paulina scrollò le spalle e rispose: – Non abbiamo ancora le risposte a queste **domande**, ma se ci impegniamo possiamo trovarle!
– E come pensi di fare? – rilanciò Jozef.
– Beh, direi che un punto di partenza ce l'abbiamo – riassunse Paulina.
Hilde aggrottò la fronte e chiese: – Ah sì?
L'altra allora spiegò: – Non so se ci avete fatto caso, ma i ***FUMETTI*** da cui sono tratte le tavole modificate sono ambientati tutti nella stessa città...

– ... **Bruxelles!** – esclamò Jozef, illuminandosi. – Questi dettagli diversi potrebbero nascondere una specie di... messaggio?!

– È possibile – confermò Nicky. Poi, con tono deciso, aggiunse: – Io un *tentativo* lo farei!

– Non abbiamo molte alternative, in effetti – annuì Thierry.

– Useremo queste tavole come INDIZI di una caccia al tesoro – propose Violet.

– Sì, ma... che cosa stiamo cercando? In cosa consiste il TESORO? – domandò Hilde.

– Non lo so ancora – rispose Paulina. – Ma di questo sono sicura: qualunque cosa sia...

ci aspetta a Bruxelles!

IL PRIMO INDIZIO

Dopo un iniziale momento di perplessità, alla fine anche Hilde e Thierry si lasciarono trascinare dall'ENTUSIASMO di Jozef e delle Tea Sisters.

Così, il mattino seguente, i ragazzi salirono su un treno e in meno di un'ora raggiunsero Bruxelles. Fuori dalla stazione ferroviaria il gruppetto si fermò un istante per decidere come **procedere**.

– Allora, questa è la prima tavola – ricapitolò Paulina, mostrando sul suo tablet la foto che aveva scattato all'originale. Poi indicò il punto con il dettaglio che era stato aggiunto. – E questo è il nostro PRIMO INDIZIO!

NELLA TAVOLA A DESTRA C'È UN DETTAGLIO IN PIÙ... RIESCI A VEDERLO?

PORCELLANE E VASI ANTICHI!
INTERESSANTE
LE PIACE?
OTTIMA SCELTA!

– Il nostro primo indizio è... una bambola? – chiese sorpresa Nicky, osservando meglio il dettaglio in questione.

Nella vignetta si vedeva il protagonista della storia che si fermava a una bancarella per acquistare una TAZZA. Ma, mentre nella versione pubblicata comparivano solo stoviglie d'epoca, sulla tavola recapitata alla Hornet Edizioni faceva bella mostra di sé anche una bambola di porcellana.

– Magari l'indizio non consiste solo nella bambola – ipotizzò Paulina. – Ma anche nel luogo in cui è stata aggiunta...

– La vignetta è ambientata in un mercato che esiste veramente – fece notare Jozef. – Si svolge tutti i giorni in Place du Jeu de Balle!

A quelle parole Violet esclamò: – E allora che cosa aspettiamo? Andiamo e... cerchiamo una **bancarella** di oggetti antichi!
Le Tea Sisters e i loro amici saltarono a bordo di un autobus che in pochi minuti li portò nel cuore del quartiere Marolles.
Già dal primo mattino la piazza dove si svolgeva il mercato era **AFFOLLATA** di gente del luogo e di turisti, tutti alla ricerca di pezzi unici da scovare tra le bancarelle colorate e caratteristiche.
– Uau, ma qui c'è di tutto! – esclamò Pam, facendo correre lo sguardo tra i banchi che vendevano gli oggetti più disparati.
– Dunque... noi cerchiamo una bancarella di **porcellane** – fece notare Nicky, tornando a consultare sul tablet la foto della vignetta con il dettaglio aggiunto.
Thierry si grattò la testa: – Anche di quelle ce ne sono un bel po'...

VEDIAMO UN PO'...
CI SONO TANTISSIMI BANCHI!

CERCHIAMO UNA BANCARELLA CHE VENDA PORCELLANE...

– Già, ma immagino che solo poche abbiano alle spalle un EDIFICIO come quello che si intravede qui – disse Hilde, indicando un'altra vignetta.
– Ottimo spirito d'osservazione! – si complimentò Violet. Dopo essersi sollevata sulle punte dei piedi in modo da avere una visuale migliore della piazza, INDICÒ dritto davanti a sé esclamando: – Ragazzi, ce l'avevamo proprio sotto il naso... Eccola qui!
– Hai ragione, Vivì! – convenne Paulina, notando i particolari della bancarella mano a mano che si avvicinava.
Tutto corrispondeva al disegno: il venditore aveva dei folti baffi, il tavolo era abbellito da una tovaglia *ricamata* e, tra tazze, piattini e teiere, se ne stava seduta una bambola di porcellana dall'espressione imbronciata...
– Buongiorno! – salutò cordialmente Colette, fingendosi un'acquirente. Poi, indicando la

bambola, chiese: – Per caso ne ha altre, come questa?
Il proprietario del banco osservò con attenzione la nuova arrivata e i suoi amici. Poi, accarezzandosi i baffi, rispose con tono categorico: – Quella è un **pezzo unico** e non è in vendita.

– Ah! Allora perché la tiene esposta? – chiese Jozef.
Il venditore aggrottò la fronte e incrociò le braccia. Quindi rispose: – Perché me l'ha chiesto un'amica...
I ragazzi si scambiarono un'occhiata complice: forse stavano per ottenere qualche informazione utile!
Pamela colse la palla al balzo e senza ulteriori indugi chiese: – Per caso si tratta di un'amica di nome... Mila?
A quella domanda, il venditore li scrutò più attentamente, inarcando un sopracciglio.
Proprio quando i ragazzi erano convinti che stesse per cacciarli via dal banco, scoppiò a ridere divertito: – Mila, proprio lei! È una tipetta misteriosa! Mi ha detto che, se tutto fosse andato secondo i suoi piani, sarebbero passati dei ragazzi a *chiedere* della bambola. In quel caso avrei dovuto dare loro questo...

Così dicendo, l'ambulante la prese delicatamente e cavò fuori dal taschino del suo abito a quadri un FOGLIETTO ripiegato.
– Ecco, è per voi. Mila non ha voluto spiegarmi di cosa si tratta. Come vi dicevo, è una tipa piuttosto **misteriosa**...
I ragazzi, emozionati per quell'inattesa svolta nell'indagine, si affrettarono a ringraziare il

venditore e si rifugiarono in un angolo poco affollato del mercato per aprire il biglietto.
– **3 2 2** – lesse Thierry, corrucciato. – Che cosa sono questi numeri?
Violet sorrise e mise il biglietto al sicuro in tasca: – Sono il primo passo del percorso che ci porterà a svelare... il **mistero** di Mila Leroy!

NIENTE È COME SEMBRA

L'intuizione di Jozef si era rivelata corretta: quelle tavole nascondevano un messaggio! Ora le Tea Sisters e i loro amici dovevano decifrare gli altri due DETTAGLI nascosti...
Il disegno che avrebbe condotto i ragazzi al secondo indizio era tratto da un fumetto intitolato 'Mistero a Bruxelles': un giallo ambientato per le vie *cittadine*.
– Vediamo un po' – disse Thierry, sbirciando il tablet di Paulina. – Qual era il dettaglio modificato di queste vignette?
Jozef ricontrollò il suo volume di 'Mistero a Bruxelles' e confrontò le due versioni della stessa TAVOLA...

CHE DIFFERENZA C'È TRA LA PRIMA E LA SECONDA TAVOLA?

TAP
TAP
TAP
TAP
TAP
TAP
TAP
TAP
TAP
AH, BENE... IL TESTIMONE È GIÀ ARRIVATO!

– Nel fumetto che tutti conosciamo la detective protagonista della storia incontra un testimone nei pressi del Palazzo di Giustizia. La scena è ambientata in una strada completamente DESERTA.

– Nella tavola che abbiamo ricevuto noi, invece, alle spalle della detective è parcheggiata una bicicletta – aggiunse Violet. – Direi che non ci resta altro da fare che andare a vedere di persona!

INDIZIO N. 2

– Okay, da quella parte. Prenderemo... l'ASCENSORE! – disse Jozef.

– L'ascensore?! – ripeté Nicky.

Il ragazzo spiegò: – Il Palazzo di Giustizia si trova nella parte alta della città. Per raggiungerlo è stato costruito un ascensore tutto di VETRO!

Pochi minuti dopo il gruppetto si ritrovò all'interno della suggestiva cabina trasparente che procedeva lentamente verso l'alto.

– Che *panorama!* – sospirò Colette. – Peccato non potersi fermare per ammirarlo meglio!

Quando l'ascensore giunse a destinazione, i ragazzi percorsero la passerella sospesa che portava alla strada.

– Dovrebbe essere da quella parte – disse Hilde. – Speriamo che ci sia la bicicletta che cerchiamo...

– Oh, oh! – commentò Thierry quando gli amici furono davanti al palazzo. – Più che una bicicletta, quella mi sembra un'intera RASTRELLIERA!

Paulina rifletté a voce alta: – Queste sono biciclette del *bike sharing*, la bicicletta che cerchiamo noi invece...

– ... Potrebbe essere quella laggiù! – azzardò Violet, scorgendone una diversa dalle altre, legata con una semplice CATENA.

La ragazza aveva ragione: una volta raggiunto il veicolo, gli amici non poterono fare a meno di notare che sul sellino era stato scritto qualcosa con un pennarello indelebile...

– Altri numeri! – esclamò Colette, affrettandosi a fotografare il nuovo indizio.

Sotto la panca...

Recuperati i primi due indizi, le Tea Sisters e i loro amici non vedevano l'ora di concentrarsi sulla terza e ultima tavola.
Proveniva da un fumetto incentrato sulle **AVVENTURE** di due bambine che per una giornata intera se ne andavano a zonzo per le strade della capitale belga.
– La **TAVOLA** modificata è alla fine del volume. A fare da sfondo, oltre alle vie della città, compare il Parc de Bruxelles, detto anche Warandepark – precisò Jozef. – Vediamo in che punto si trova il *dettaglio* aggiunto...
– Eccolo! – esclamò Pam, individuando subito la modifica al disegno.

NELLA TAVOLA A DESTRA C'È UN DETTAGLIO IN PIÙ... RIESCI A VEDERLO?

– Sotto la panchina dove sono sedute le due bambine c'è un **piccione** che nella prima versione manca – disse Thierry.

– E la panchina è accanto a una struttura in ferro battuto – notò Nicky.

L'amico confermò: – È un **gazebo** che d'estate ospita spettacoli e concerti: è quello il punto esatto del parco che dobbiamo raggiungere!

Facendosi guidare dal ragazzo, il gruppetto arrivò velocemente nel quartiere dove sorgeva il *Palazzo Reale* e proprio nelle vicinanze dell'imponente edificio gli amici trovarono l'ingresso al parco cittadino.

Dopo aver consultato la mappa del luogo, i ragazzi si diressero verso il gazebo e la fila di PANCHINE lì accanto.

– Uno, due, tre e quattro! – contò Paulina.
– È qui che si siedono le **protagoniste** della storia!
– Di piccioni però non ce ne sono... – osservò Thierry.
– Credo che il piccione servisse solo per suggerirci di guardare **sotto** la panchina – ipotizzò Pamela, accovacciandosi a sbirciare.
La ragazza infatti estrasse qualcosa dalla seduta e lo mostrò vittoriosa agli altri: si trattava di un bigliettino! Anche questo, come quello trovato al mercato delle pulci, riportava dei **NUMERI**.

– Bene, ci siamo – disse Violet disponendo sulla panchina i vari indizi recuperati. – Ora non ci resta che capire come usarli!
– Che cosa ne pensate? Potrebbe trattarsi di un codice da decifrare per ottenere un messaggio? – ipotizzò Hilde.
Colette si mordicchiò il labbro con fare pensieroso e replicò: – Difficile, i numeri non si ripetono. Se a ciascuno corrispondesse una lettera, sarebbe un messaggio con lettere tutte diverse!
– Eppure... – disse dopo un po' Jozef. – C'è qualcosa in questi numeri che mi è familiare!
Aiutata da quel suggerimento, Paulina si illuminò: – Ma certo! Le prime due cifre corrispondono al prefisso internazionale del Belgio!
– Grande! Ottima intuizione! – si entusiasmò Thierry. – E il terzo numero invece è il prefisso della città di Bruxelles!

I ragazzi si guardarono emozionati ed esclamarono tutti in coro: – Questo è un numero di telefono!
Hilde concluse: – Non ci resta che provare a chiamare...
Con le mani che tremavano, la giovane editrice prese il cellulare, compose il numero e attivò il vivavoce.
Nell'aria risuonarono alcuni squilli, poi qualcuno all'altro capo rispose.
– *Bistrot Marcel* – esordì una voce maschile, che cercava di sovrastare il chiacchiericcio in sottofondo. – Come posso aiutarvi?
Raccolti attorno al telefono, le Tea Sisters e i loro amici si guardarono sorpresi: come mai aveva risposto un BISTROT?!
– Buongiorno – salutò Pamela. – Noi... ehm, cercavamo una persona...
– Si chiama Mila... Mila Leroy! – aggiunse Thierry, speranzoso.

Per qualche istante dal microfono del telefono giunsero solo confusi **rumori** di fondo. Poi lo sconosciuto chiese: – Siete i ragazzi della **Hornet Edizioni**, vero?

– Sì!!! – esclamarono contemporaneamente Hilde e Thierry.

– Mila mi ha detto che avreste chiamato – raccontò. – Raggiungetemi qui al *bistrot*. Vi **spiegherò** che cosa fare...
– Arriviamo in un baleno! – assicurò Nicky.
Hilde e il fratello non stavano più nella pelle: forse quel mistero stava per essere...

FINALMENTE RISOLTO!

PIACERE, MILA!

Poco più tardi il gruppo di amici entrò al Bistrot Marcel. Era un grazioso locale con le pareti decorate da decine di copertine di FUMETTI.

– Lei ha visto Mila Leroy dal vivo?! – chiese Jozef, guardando estasiato una tavola autografata dalla fumettista in persona.

Marcel, il proprietario del BISTROT, annuì e rispose: – È la mia più cara amica d'infanzia.

– Quindi lei è uno dei pochissimi ad averla incontrata di persona! – esclamò Thierry.

A quelle parole, Marcel gli rivolse un sorriso ENIGMATICO: – Entrate in quel palazzo e salite le scale fino al sottotetto.

– Sta... Sta dicendo che... – balbettò Thierry.
Marcel annuì: – Mila vi aspetta!
Come in un *sogno*, i ragazzi attraversarono la strada e, superato il portone d'ingresso, salirono di corsa la scalinata. Raggiunto il SOTTOTETTO, fu Hilde a bussare con tocco leggero all'unica porta che c'era sul pianerottolo...

Dopo un silenzio che sembrò lunghissimo, ecco **risuonare** dei passi...

Infine la porta si aprì e i ragazzi si ritrovarono davanti... *Mila Leroy* in persona!

– Benvenuti! Vi stavo aspettando! – disse l'autrice, con un sorriso molto cordiale.

Era proprio lei: la somiglianza con l'unica **FOTO** in circolazione non lasciava dubbi!

I nuovi arrivati la seguirono nel suo **STUDIO** di artista, e furono calorosamente invitati a sedersi nell'accogliente angolo che era stato adibito a salottino.

Anche Mila Leroy prese posto e, sempre sorridente, esordì: – Immagino che abbiate alcune **domande** da farmi...

Pamela confermò: – Per mille bielle sbiellate, abbiamo una valanga di domande da farle!

Thierry aggiunse: – Ma credo che tutte possano essere riassunte in una: **ci spiega che cosa sta succedendo?!**

Mila scoppiò a ridere: – È comprensibile che siate confusi, ma vi assicuro che non lo resterete ancora a lungo.

Così, sotto lo sguardo sbalordito dei suoi ospiti, l'artista iniziò a raccontare tutto quello che era accaduto negli ultimi giorni dal suo punto di vista.
– Sin dalla prima mail che mi avete scritto sono rimasta molto colpita dal vostro contagioso entusiasmo – disse, rivolgendosi a Hilde e Thierry. – E la mia stima per voi è cresciuta mano a mano che ci scambiavamo messaggi.
Mila spiegò che entrare in contatto con quei due giovani appassionati di fumetti le aveva fatto venire voglia di abbandonare la riservatezza che la caratterizzava per incontrarli di persona, ma... a modo suo!
– Ho pensato di organizzare questa piccola CACCIA AL TESORO. Speravo proprio che la vostra passione vi spingesse a cercarmi – concluse Mila. – E che cosa posso dire: la mia fiducia in voi è stata ripagata!

È proprio Mila Leroy!

Nicky si grattò la testa, dubbiosa: – Quindi non esiste nessun NUOVO fumetto?
– Certo che esiste! Intendevo mostrarvelo solo se foste riusciti a trovarmi – annunciò Mila. – E ora che siete qui, posso dirvi che mi piacerebbe che foste voi a pubblicarlo!
– Pubblicarlo?! – ripeté Hilde, senza fiato per la sorpresa.
Mila confermò: – Proprio così! La Hornet Edizioni pubblicherà il mio nuovo fumetto!
– Ma noi siamo una casa editrice molto piccola, e lei... lei è un'artista famosissima! – balbettò ancora Hilde, incredula.
Mila le rivolse un sorriso e disse: – E con ciò? Quello che conta non è quanto siete importanti, ma la passione che avete nel CUORE!
Nello studio calò un silenzio carico di emozione. Nessuno dei ragazzi avrebbe mai immaginato che la caccia al tesoro potesse concludersi in quel modo!

– Allora, che cosa ne dite? – chiese Mila.
– Sarete i miei nuovi **editori?**
Hilde e Thierry non ebbero nemmeno bisogno di consultarsi e subito esclamarono in coro: – Certo che **Sììì!**

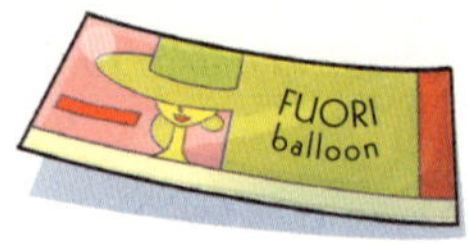

L'OSPITE D'ONORE

Quando erano partiti per Bruxelles, le Tea Sisters e i loro amici avevano tantissime domande per la testa e nessuna risposta. Quella sera stessa avevano fatto ritorno ad Anversa con le tavole **inedite** di Mila Leroy e la loro curiosità era stata più che ripagata dall'inaspettato incontro con la fumettista.

Così, qualche giorno dopo, Hilde e Thierry poterono finalmente **ammirare** soddisfatti le pareti della grande sala, dove era stata allestita in tempo record la mostra conclusiva del ***FUORI-BALLOON***.

Con il cuore colmo d'emozione, Hilde chiese agli amici: – Allora, che cosa ne dite?

– Vediamo... Siamo in una sala magnifica, le tavole sono illuminate alla perfezione e le didascalie sono state scritte da Mila Leroy in persona... – considerò Pamela con fare pensieroso. Poi, illuminandosi in un SORRISO, cinse le spalle dell'amica ed esclamò: – Io dico che saranno tutti super entusiasti!

Sistemati gli ultimi dettagli, i ragazzi corsero a cambiarsi e, quando tornarono alla mostra per l'INAUGURAZIONE, rimasero senza parole...

– Che traffico! – esclamò Thierry, facendosi largo con la bici nella calca di persone che affollava la via. – Fino a poco fa sembrava tutto tranquillo...

Il ragazzo ammutolì e frenò di colpo, rendendosi conto che tutta quella gente era diretta proprio ai cancelli della mostra dedicata a Mila Leroy.

– Guardate! Non ho mai visto una fila così lunga! Fa addirittura il giro dell'isolato! –

esclamò Colette, al settimo cielo. – Corriamo ad accogliere i nostri visitatori!
Pochi minuti dopo le porte della mostra aprirono e la folla si riversò nelle sale.
– Mi pare che stia procedendo tutto a meraviglia – disse Paulina guardandosi attorno.
Jozef concordò soddisfatto: – Questa inaugurazione è decisamente un SUCCESSO! Ehi, ma che cosa c'è ancora?
Ad attirare l'attenzione del ragazzo era stata Nicky, che si era improvvisamente messa a correre verso l'ingresso della mostra, sparendo alla vista degli amici.
– Forse si è creata troppa RESSA alla biglietteria? – suggerì Violet. – Andiamo a vedere.
Ma dopo pochi passi si fermarono, perché videro che Nicky stava già tornando nella sala e... NON ERA SOLA!
– Ma quella è Mila! – esclamò Pam. – Non era mai apparsa in pubblico prima d'ora!

QUANTA GENTE...
SONO TUTTI QUI PER LA MOSTRA!

Hilde sbatté le palpebre, incredula: – Datemi un pizzicotto, non posso crederci!
– Credici pure – la rassicurò l'artista, raggiungendola. – Sono qui e sono intenzionatissima a restare!
Fino a pochi giorni prima Mila non aveva in programma di presentarsi di persona ai suoi fan, ma l'incontro con i nuovi amici aveva cambiato le cose.

– Il vostro *entusiasmo* mi ha letteralmente travolta – spiegò la fumettista. – E improvvisamente mi è venuta voglia di condividere questo momento con voi e con tutti i miei *lettori!*

Il capannello formatosi attorno a Mila non era passato inosservato: un numero sempre più nutrito di VISITATORI iniziava a sbirciare incuriosito la nuova arrivata.

– Beh, allora... benvenuta! – la accolse allegra Colette. Poi, rendendosi conto del numero di ammiratori che si stava raccogliendo attorno a loro, scoppiò a ridere: – Se mi scusate, mi assento un attimo per andare in cartoleria. Credo serviranno carta e penna per tutti gli *autografi* che Mila dovrà fare stasera!

Amici PER SEMPRE

Osservando gli ultimi appassionati ancora in fila al tavolino dove Mila firmava gli autografi, Violet sorrise: – L'espressione dei fan quando finalmente riescono a salutarla è... **INDESCRIVIBILE!**

– Grazie ancora per essere venuta e per essere stata così disponibile – disse Paulina avvicinandosi alla fumettista. – Ha fatto non so quanti autografi, ora può finalmente godersi la **SERATA!**

– Oh, ma io me la sto godendo da quando sono arrivata! – assicurò Mila. – E poi non ho ancora finito, manca ancora la *dedica* più speciale...

CHE BELLA MOSTRA!

CHE GIORNATA FANTASTICA!
GRAZIE, MILA!

Detto ciò, l'artista iniziò a disegnare su un foglio e, dopo aver aggiunto una dedica, lo porse alle Tea Sisters.

– *Ma queste siamo noi!* – esclamò Colette.

– È un regalo stupendo!

– Sarà un meraviglioso ricordo della nostra vacanza in **Belgio!** – aggiunse Violet, quasi commossa.

Mentre il gruppo di amici ammirava il disegno appena realizzato da Mila, Pamela batté leggermente sulla spalla di Thierry e gli fece segno di seguirla un po' in disparte rispetto agli altri.

Quando furono soli, la ragazza disse: – A proposito di ricordi di questa vacanza... Stavo pensando che non ti ho mai ringraziato per la stupenda gita a Bruges...

Il ragazzo arrossì, emozionato: – Non preoccuparti, non ce n'è bisogno!

– Ce n'è eccome! – assicurò Pamela. – Chiudi gli occhi...

– Stai dicendo sul serio? – chiese Thierry, un po' spaesato.

– Sì – confermò Pamela. Quando il ragazzo obbedì, lei continuò: – Pensa intensamente al ponte di Minnewaterpark, allo sciabordio dell'acqua del lago, al fruscìo delle foglie mosse dal vento... Fatto?

Thierry annuì, sorridendo.
A quel punto Pamela si sporse verso di lui e gli scoccò un **bacio** sulla guancia: – Ecco... Volevo solo dirti che...

la nostra amicizia durerà per sempre!

Alla scoperta delle Fiandre

La regione settentrionale del Belgio prende il nome di Fiandre. Ospita alcune delle più belle cittadine del Paese e offre scorci incantati che sembrano usciti da un quadro!

Ci piacerebbe tornarci per scoprire tutte le meraviglie di questa zona. Nel frattempo abbiamo chiesto a Hilde e Thierry di consigliarci i luoghi più affascinanti da visitare!

PRONTI A SCOPRIRLI INSIEME A NOI?

70 chilometri di meraviglie!

Alcuni degli scorci più incantevoli delle Fiandre si possono osservare lungo il tratto di costa affacciata sul Mare del Nord.

Il modo migliore per ammirare questi panorami è salire a bordo del 'Kusttram', un trenino che percorre tutto il litorale, dal confine con la Francia a quello coi Paesi Bassi.

Si tratta della linea tramviaria più lunga del mondo e permette, in poco meno di 70 fermate (quasi una ogni chilometro!), di ammirare affascinanti borghi e tratti di natura incontaminata!

IL KUSTTRAM: LA LINEA TRAMVIARIA PIÙ LUNGA DEL MONDO

Una pesca antichissima

PESCA DEI GAMBERETTI A CAVALLO

La piccola città di Oostduinkerke è famosa per un'antica tradizione: la pesca dei gamberetti a cavallo!

Dalla fine di giugno fino all'inizio di settembre, nelle prime ore del mattino (cioè quando la marea è più bassa), la spiaggia di questa località si popola di pescatori con indosso delle tute gialle di tela cerata. Dopo aver attaccato ai loro cavalli alcune speciali reti per setacciare la sabbia, montano in sella ed entrano in mare, percorrendo la costa parallelamente alla riva, alla ricerca di gamberetti.

La pesca dei gamberetti a cavallo è un rituale affascinante e caratteristico, riconosciuto come una vera e propria arte: nel 2013 è stata dichiarata dall'UNESCO Patrimonio Culturale Immateriale dell'Umanità!

La regina dei canali: Gent!

Situata alla confluenza dei fiumi Leie e Schelde, Gent (o Gand) è la terza città più popolata del Belgio. Il suo borgo medievale è un vero e proprio museo a cielo aperto. Passeggiando tra viuzze, piazze e romantici canali si possono ammirare luoghi unici, ricchi di storia e antiche tradizioni.

Dopo un giro turistico del centro ci si può immergere nell'atmosfera vivace del caratteristico mercatino delle pulci allestito poco fuori dal centro della città. Qui, tra curiose cianfrusaglie e oggetti d'antiquariato, anche gli appassionati di shopping troveranno un valido motivo per considerare Gent una meta imperdibile!

IL BORGO MEDIEVALE DI GENT

Le campane di Mechelen

IL CARILLON DI MECHELEN

Tra le vie lastricate e i canali di questa piccola cittadina situata a metà strada tra Bruxelles e Anversa si sentono spesso i rintocchi delle tante campane sparse per il centro storico.

Tipico di Mechelen è un particolare strumento musicale chiamato 'carillon'. Si tratta di un sistema di campane azionato a distanza da un musicista, detto 'carilloneur', attraverso una speciale tastiera in legno.

A scuola di carillon

La tradizione del carillon è diffusa a Mechelen sin dal Medioevo e ancora oggi la cittadina ospita la più grande e antica scuola di carillon del mondo! Ogni cinque anni la scuola organizza una competizione durante la quale appassionati provenienti da vari Paesi si sfidano per stabilire chi sia il migliore!

A tutta arte!

Le Fiandre sono la meta ideale per gli appassionati d'arte. Proprio in questa regione nacque infatti, agli inizi del Quattrocento, la scuola pittorica fiamminga.

I pittori fiamminghi non dipingevano solo per i nobili, ma per chiunque potesse permettersi di commissionare loro un'opera. Furono i primi ad abbandonare la tradizione degli sfondi dorati, preferendo ambienti reali o scene di vita quotidiana.

I dipinti della scuola fiamminga sono caratterizzati da una grandissima quantità di dettagli: abiti, accessori, arredi e addirittura... specchi in cui tutti questi dettagli si riflettono!
Il segreto per ottenere questo risultato è la pittura a olio: stesa in sottili strati sovrapposti permette di creare effetti di grande precisione e luminosità.

I pittori fiamminghi furono inoltre i primi a utilizzare il formato del ritratto!

Il modo migliore per scoprire tutti i pittori di questa corrente? Cercare le loro opere tra le città delle Fiandre che le raccolgono in splendidi musei!

Gent

Il Museo di Belle Arti fa parte della Flemish Art Collection: una collaborazione tra il Museo di Belle Arti di Anversa e il Groeninge di Bruges, che si occupa della conservazione e dell'esposizione delle opere dei pittori fiamminghi. Oltre alla collezione permanente, ospita varie mostre temporanee.

Bruges

All'interno del Sint-Janshospitaal (un'antica struttura ospedaliera!) sorge il museo che raccoglie le opere del pittore Hans Memling.
Il Groeningemuseum, invece, è il museo cittadino dedicato all'arte fiamminga e belga più in generale.

Bruxelles

Nell'Oldmasters Museum, parte principale del più grande complesso dei Musei Reali delle Belle Arti, è raccolta una magnifica collezione di pittura fiamminga.

La capitale... del fumetto!

Se il Belgio è considerato la patria del fumetto, Bruxelles ne è a tutti gli effetti la capitale!

Percorrendo le vie della città si ha quasi l'impressione di sfogliare le pagine di un libro illustrato: immensi murales decorano le facciate degli edifici con immagini e ritratti di personaggi che hanno fatto la storia di questo genere letterario.

A loro è dedicato il Centre Belge de la Bande Dessinée: il Museo del Fumetto di Bruxelles. Qui si possono scoprire tutti i segreti della creazione di un fumetto e approfondire la storia di questa forma d'arte!

IL MUSEO DEL FUMETTO DI BRUXELLES

DIARIO
a dieci zampe!

FAI DA TE

IL TUO PRIMO FUMETTO!

SOGNI DI SCRIVERE UN FUMETTO? QUI TROVI GLI APPUNTI DEL CORSO CHE ABBIAMO FREQUENTATO AD ANVERSA!

1 Il fumetto è una tecnica narrativa che unisce testi e immagini e permette di creare tanti tipi di storie!

Per creare un fumetto bisogna prima di tutto pensare al protagonista. Per immaginarlo puoi chiederti: 'Che cosa mi piace?'. Sarà molto più facile inventare un personaggio che fa qualcosa che ti appassiona e che conosci bene!

Io per esempio ho pensato a una violinista che sogna di suonare nei più prestigiosi teatri del mondo!

Pamela, appassionata di cucina, potrebbe immaginare un cuoco che trova un antico e misterioso libro di ricette...

Nicky, che ama lo sport, potrebbe inventare una supereroina che corre alla velocità della luce!

Colette, amante della moda, potrebbe raccontare le avventure di un'eccentrica stilista e della sua assistente pasticciona.

Paulina, a cui piace la natura, potrebbe inventare la storia di una coppia di procioni dispettosi che architettano scherzi ai danni di un gruppo di campeggiatori!

DISEGNA QUI IL PROTAGONISTA
DELLA TUA STORIA!

2 La forma più semplice per strutturare la storia consiste in una sequenza di tre riquadri illustrati, detti 'vignette'. Nel primo riquadro la storia inizia, nel secondo si sviluppa e nell'ultimo si conclude.

Puoi prendere spunto dalle prime tre vignette della storia di Melody, la violinista che ho inventato:

- Melody, sorridente, sta suonando il violino al centro di un grande palco, il pubblico applaude.
- Melody è nel suo letto e dorme profondamente. Il concerto era solo un sogno, che vediamo in una nuvoletta sopra la sua testa, e la musica è quella della sveglia che sta suonando!
- Melody, ancora in pigiama, afferra la custodia del violino e corre fuori dalla stanza dicendo: 'È tardissimo! Se non mi sbrigo, finisce che oggi suonerò solo... il campanello!'

3 Ora prepara lo spazio in cui disegnare la storia a fumetti: con l'aiuto di un righello traccia in senso orizzontale un rettangolo abbastanza grande da permetterti di disegnare e scrivere con facilità al suo interno, poi dividi verticalmente il rettangolo in tre riquadri.

4 In ciascun riquadro disegna a matita i personaggi e inserisci le loro battute di dialogo. Scrivi vicino a ognuno le parole che vuoi fargli dire e poi racchiudile nella tipica nuvoletta, chiamata 'balloon'.

5 Infine ripassa a penna ciò che prima hai disegnato a matita e, se vuoi, aggiungi il colore alla scena!

DOPO LE PRIME TRE VIGNETTE PUOI CONTINUARE LA TUA STORIA AGGIUNGENDONE ALTRE... FINO A CREARE UN VERO ALBO A FUMETTI!

GIOCO

LA PROVA DI MILA!

Come nelle tavole di Mila, anche tra queste due immagini ci sono 6 dettagli diversi: divertiti a trovarli!

La soluzione è in fondo al libro!

GIOCO

CRUCIFUMETTO

Inserisci le parole che corrispondono alle definizioni e scopri come si chiama l'elemento in cui vengono inserite le parole dei personaggi!

1 B	R	U	X	E	L	L	E	S	2 M	A	T	I
A												T
T												A
S												3 I
I												L
N												U
O												U
G												S
A												T
T												R
O												A
R	5 P	A	I	R	O	T	4 S	I	N	O	I	Z

DEFINIZIONI:

1. La città in cui vive Mila Leroy.
2. La si usa per disegnare.
3. Un fumetto è composto da testo e...
4. Per creare un fumetto serve averne una da raccontare.
5. Il personaggio più importante di un fumetto.

la soluzione è in fondo al libro!

FAI DA TE

FUMETTI... NEL TELEFONO!

Non buttare i vecchi fumetti!
Ecco un modo originale per riutilizzarli:
creare una cover personalizzata per lo smartphone!

OCCORRENTE: forbici con la punta arrotondata e una cover trasparente per il tuo telefonino.

1 Seleziona una pagina di un fumetto o una vignetta che ti piace.

2 Togli la cover dal telefonino e tracciane il contorno sulla pagina che hai scelto.

3 Ritaglia la sagoma e aggiungi i fori per la telecamera, poi posizionala all'interno della cover facendo attenzione che il disegno sia visibile all'esterno. Monta la cover sul telefonino e...

...il gioco è fatto!

GAUFRES... ALLA GRIGLIA!

Vuoi preparare le gaufres ma non hai la tipica piastra a nido d'ape? Puoi usare una griglia da cucina!

INGREDIENTI: 200 g di farina, 80 g di zucchero, 100 g di burro, 2 uova, 1 cucchiaino di lievito per dolci, 1 bustina di vanillina, 1 pizzico di sale, crema alla nocciola o marmellata, panna montata.

1. Separa tuorli e albumi e monta gli albumi a neve.
2. Mescola il latte, i tuorli, il burro fuso, lo zucchero, la farina, il lievito e un pizzico di sale. Unisci gli albumi montati al composto, mescolando dall'alto verso il basso.
3. Scalda sul fuoco una griglia e, quando sarà ben calda, spennellane la superficie con un po' di burro fuso.
4. Versa un mestolo di composto sulla griglia, abbassa la fiamma e lascia cuocere per 3-4 minuti. Gira la gaufre con una spatola e lasciala cuocere dall'altro lato.
5. Farcisci il tuo spuntino con della crema alla nocciola o della marmellata e con un ciuffo di panna montata!

PROFUMO DI SPECULOOS

Che cos'è questo delizioso aroma di cannella?
Sono gli speculoos, squisiti biscotti speziati!

INGREDIENTI: 260 g di farina, 220 g di zucchero di canna, 100 g di burro, 30 ml di latte e 1 cucchiaino di cannella.

1 Versa in una ciotola lo zucchero e il burro ammorbidito e lavorali fino a ottenere una crema.

2 Aggiungi la farina, la cannella e il latte. Impasta e poi lascia riposare il composto in frigorifero per un'ora.

3 Stendi la pasta fino allo spessore di circa 3 mm, poi ritaglia i biscotti con delle formine o un bicchiere.

4 Disponi i biscotti su una teglia ricoperta di carta da forno. Ricorda di distanziarli l'uno dall'altro.

5 Infornali a 180°C per circa 10 minuti. Una volta cotti, lasciali raffreddare e...

buona merenda!

Chiedi sempre consiglio a un adulto!

PRALINE,
UNA DOLCISSIMA INVENZIONE!

Il Belgio è la patria del cioccolato: proprio a Bruxelles, nel 1912, sono state inventate le praline!

INGREDIENTI: 300 g di cioccolato fondente, 130 ml di panna liquida, 300 g di cioccolato bianco.

1. Sciogli a bagnomaria 200 g di cioccolato fondente. Usane una parte per spennellare uno stampo per cioccolatini in silicone (se non ce l'hai puoi utilizzare uno stampo per il ghiaccio).

2. Metti lo stampo in frigo per far solidificare il cioccolato. Quando sarà solido, dai una seconda pennellata e rimettilo nel frigorifero.

3. Per preparare il ripieno scalda la panna in un pentolino e toglila dal fuoco appena prima che raggiunga il bollore. Aggiungi il cioccolato bianco tagliato a pezzetti e mescola fino a quando non si formerà una crema.

4 Trasferisci il ripieno in un piatto e lascialo intiepidire per circa 20 minuti, quindi usalo per riempire lo stampo dei cioccolatini. Una volta versato il ripieno, puoi renderlo ancora più goloso aggiungendo una nocciola o una mandorla! Poi metti il tutto nuovamente in frigorifero per un'ora.

5 Sciogli a bagnomaria il resto del cioccolato fondente e versalo sopra lo stampo, in modo da sigillare i cioccolatini. Lasciali riposare per un'ora in frigorifero e poi sfilali dallo stampo: le tue golose praline sono pronte!

COME SONO NATE LE PRALINE?

Jean Neuhaus Jr ereditò la farmacia dal nonno, che aveva avuto l'idea di ricoprire i medicinali con uno strato di cioccolato in modo da renderli più gradevoli al gusto. L'intuizione del nipote fu invece quella di sostituire ai farmaci un cremoso ripieno: così ebbe inizio la storia delle praline!

Chiedi sempre consiglio a un adulto!

TEST

CHE CIOCCOLATINO SEI?

Nelle cioccolaterie che abbiamo visitato in Belgio ho visto delizie di colori, forme e gusti diversi. Scopri a quale cioccolatino assomigli con questo dolcissimo test!

1 Quale coppia di aggettivi useresti per descriverti?

A. Gentile e simpatica.
B. Riservata e determinata.
C. Vivace e creativa.

2 Non puoi assolutamente rinunciare ad andare al cinema quando in programmazione c'è...

A. Una commedia romantica per sognare!
B. Un film tratto dal tuo romanzo preferito: conosci già la storia a memoria ma non puoi perdere l'occasione di vederla rappresentata sul grande schermo!
C. Un film giallo: ti piacciono le storie che tengono con il fiato sospeso.

3 Il tuo viaggio dei sogni è...

A. In un luogo romantico e incantato, lontano dal caos della città!

B. In una città d'arte ricca di storia e musei.

C. Grattacieli, strade affollate, quartieri diversissimi tra loro... Non hai dubbi: in una grande metropoli!

4 Quale colore preferisci indossare?

A. Verde prato.

B. Blu oltremare.

C. Giallo sole.

5 Hai un pomeriggio libero. Come lo trascorri?

A. Inviti la tua migliore amica per una merenda preparata da te.

B. Ne approfitti per fare ordine nella tua stanza: ti piace avere tutto ben organizzato.

C. Ti lanci nella progettazione della tua prossima avventura!

VOLTA PAGINA PER SCOPRIRE QUALE CIOCCOLATINO RAPPRESENTA MEGLIO IL TUO CARATTERE!

MAGGIORANZA RISPOSTE A
CIOCCOLATINO AL LATTE

Ti piace frequentare luoghi e persone che conosci bene. Non ami cambiare abitudini ma sei socievole e la tua dolcezza alla fine conquista tutti. Non ci sono dubbi, sei un cioccolatino al latte: dolcissimo da assaporare in ogni occasione!

MAGGIORANZA RISPOSTE B
CIOCCOLATINO FONDENTE

Sai bene quello che vuoi e hai una personalità forte. A prima vista potresti apparire un po' diffidente, ma la verità è che hai solo bisogno di tempo per dare confidenza e dimostrare quanto sei preziosa. Il cioccolatino che ti rappresenta è quello fondente, con il suo gusto deciso e intenso!

MAGGIORANZA RISPOSTE C
PRALINA RIPIENA

Sei imprevedibile e vorresti una vita piena di di sorprese! Chi ti conosce sa che con te ogni giorno è speciale perché hai sempre qualcosa che ti frulla per la testa. Il tuo cioccolatino è una pralina ripiena! Ripiena di che cosa? Lo scoprirai... solo addentandola!

FAI DA TE

FOTOGRAFIE... PARLANTI!

Al corso di fumetto abbiamo imparato che esistono tanti tipi di balloon... Eccoli qui!

E ORA... LA PAROLA ALLE FOTOGRAFIE!

Copia uno dei balloon su un cartoncino, ritaglialo e scrivici dentro un messaggio. Poi incollalo sulla foto in corrispondenza della persona che vuoi far parlare!

Sarà un regalo originalissimo!

GIOCO

AL MERCATO DELLE PULCI!

Al mercato abbiamo preso un regalino per i nostri amici di Topford ma nella confusione dei banchi... abbiamo perso il pacchetto! Riesci a vederlo?

La soluzione è in fondo al libro!

FAI DA TE

BRACCIALETTI FUMETTOSI!

I fumetti ci possono ispirare per decorare accessori alla moda. Ecco come creare braccialetti a tema!

OCCORRENTE: una bottiglietta di plastica vuota e asciutta, un vecchio fumetto, colla vinilica, un pennello, forbici con la punta arrotondata, un pezzetto di carta vetrata sottile, nastro adesivo.

1 Rimuovi con le forbici il collo e il fondo della bottiglietta, in modo da ottenere un tubo di plastica.

2 Ritaglia in verticale, per tutta la lunghezza del tubo, una striscia larga un paio di centimetri e rimuovila.

3 Cospargi la parte interna del tubo con uno strato di colla vinilica.

4 Fai aderire una pagina di fumetto alla colla ancora umida. Lascia asciugare per una notte intera e poi rimuovi la parte di pagina che eccede dal tubo.

5 Taglia il tubo di plastica in tante strisce orizzontali dell'altezza di 2 cm ciascuna.

6 Smussa i bordi di ogni striscia strofinandoli con [illegible]ezzetto di carta vetrata, oppure ri[illegible]i di nastro adesivo in modo che non siano taglienti.

Ecco pronti i tuoi coloratissimi braccialetti fumettosi!

Chiedi sempre consiglio a un adulto!

Soluzioni!

Soluzione gioco
LA BANCARELLA GIUSTA
pagg. 208-209

Soluzioni!

Soluzione gioco
LA PROVA DI MILA
pagg. 196-197

Soluzione gioco
CRUCIFUMETTO
pag. 198
Balloon

[1]B	R	U	X	E	L	L	E	S	[2]M	A	T	I
A												T
T												A
S												[3]I
I												L
N												L
O												U
G												S
A												T
T												R
O												A
R	[5]P	A	I	R	O	T	[4]S	E	N	O	I	Z

INDICE

LA TUA COLLEZIONE

Leggere è un'avventura emozionante!
Segna tutti i libri della tua collezione!

Tea Sisters

- 4 Mistero a Parigi
- 5 Il vascello fantasma
- 6 Grosso guaio a New York
- 7 Il tesoro di ghiaccio
- 8 I naufraghi delle stelle
- 9 Il segreto del castello scozzese
- 10 Il mistero della bambola nera
- 11 Caccia allo scarabeo blu
- 12 Lo smeraldo del principe indiano
- 13 Mistero sull'Orient Express
- 14 Mistero dietro le quinte
- 15 La leggenda dei fiori di fuoco
- 16 Missione "flamenco"
- 17 Cinque amiche per un leone
- 18 Sulle tracce del tulipano nero
- 19 Una cascata di cioccolato!
- 20 I segreti dell'Olimpo
- 21 Amore alla corte degli zar
- 22 Avventura ai Caraibi
- 23 Colpo di scena a Hollywood
- 24 Mistero in Madagascar
- 25 Inseguimento tra i ghiacci
- 26 Carnevale a Venezia
- 27 Il tesoro scomparso
- 28 Due cuori a Londra

Grandi Libri

Vita al College

1 L'amore va in scena a Topford!
2 Il diario segreto di Colette
3 Tea Sisters in pericolo!
4 Sfida a ritmo di danza!
5 Il progetto super segreto
6 Cinque amiche per un musical
7 La strada del successo
8 Chi si nasconde a Topford?
9 Una misteriosa lettera d'amore
10 Un sogno sul ghiaccio per Colette
11 Ciak si gira a Topford!
12 Top model per un giorno
13 Missione "Mare Pulito"
14 Il codice del drago
15 Il club delle poetesse
16 La ricetta dell'amicizia
17 Gran ballo con il principe
18 Il fantasma di Castel Falco
19 Campionesse si diventa!
20 Più che amiche... sorelle!
21 Un matrimonio da sogno
22 Cinque cuccioli da salvare
23 Il concerto del cuore
24 Mille foto per una top model
25 La montagna parlante
26 Il tesoro dei delfini azzurri
27 A lezione di bellezza

- 28 Una magica notte sulla neve
- 29 Un tesoro di cavallo
- 30 Cinque amiche in campo
- 31 La città segreta
- 32 Sfilata di moda per Colette
- 33 I dolci del cuore
- 34 Stiliste per caso
- 35 Ballare che passione!
- 36 Una regata per cinque
- 37 Sulle note del cuore
- 38 Un cucciolo in cerca di casa
- 39 Il segreto delle farfalle dorate
- 40 Il magico spettacolo dei colori
- 41 Lo specchio della sirena
- 42 Un sogno a passo di danza
- 43 La lettera segreta
- 44 Il trofeo dell'amicizia
- 45 Amiche per la moda
- 46 Operazione gran ballo
- 47 Mistero al faro dei gabbiani
- 48 Il giardino dei segreti
- 49 Sognando la vittoria
- 50 Il segreto dell'amicizia
- 51 Un tesoro di cavallo
- 52 Mistero sotto le stelle
- 53 Il quadro misterioso
- 54 La staffetta dell'amicizia
- 55 La festa degli aquiloni
- 56 Una stella sui pattini
- 57 Missione amici cuccioli
- 58 Piccoli segreti tra amiche
- 59 Halloween Party

1
2
3
4
5
6
7
8
9
10
11
12
13
14
15
16
17
18
19
20
21
22
ISOLA delle BALENE

ISOLA delle BALENE

1. Osservatorio astronomico
2. Faraglioni dei Gabbiani
3. Spiaggia degli Asinelli
4. Clinica veterinaria "Cuccioli felici"
5. Locanda di Marian
6. Monte Franoso
7. Picco del Falco
8. Spiaggia delle Tartarughe
9. Fiume Patella
10. Bosco dei Falchi
11. College di Topford
12. Grotta del Vento
13. Circolo Velico
14. Accademia della Moda
15. Scogli del Cormorano
16. Bosco degli Usignoli
17. Biblioteca Comunale
18. Porto
19. Villa Marea: laboratorio di biologia marina
20. Impianti fotovoltaici per l'energia solare
21. Baia delle Farfalle
22. Scoglio del Faro

TOPFORD
1
2
3
4
5
6

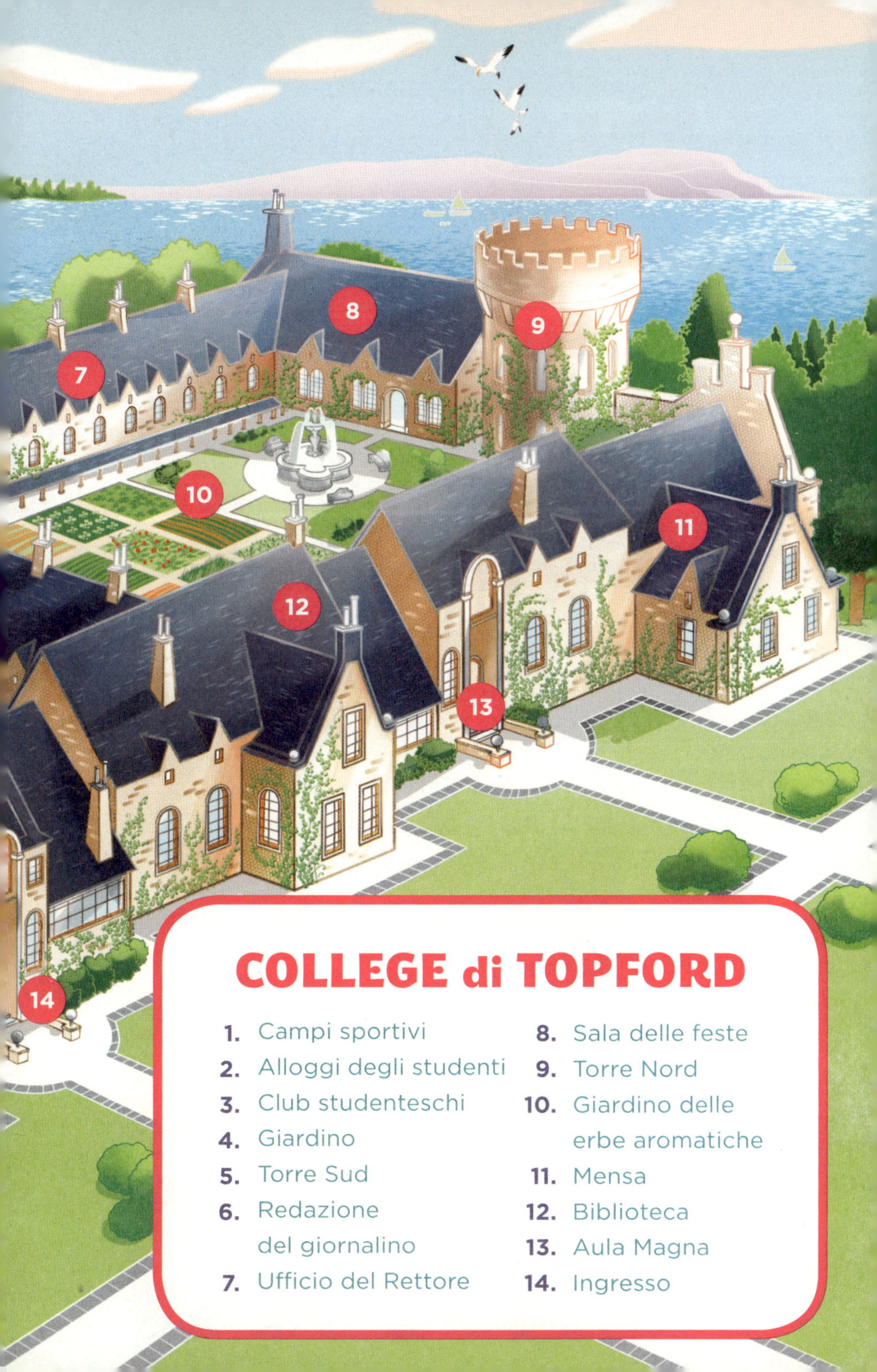
7
8
9
10
11
12
13
14
COLLEGE di TOPFORD
1. Campi sportivi
2. Alloggi degli studenti
3. Club studenteschi
4. Giardino
5. Torre Sud
6. Redazione del giornalino
7. Ufficio del Rettore
8. Sala delle feste
9. Torre Nord
10. Giardino delle erbe aromatiche
11. Mensa
12. Biblioteca
13. Aula Magna
14. Ingresso

Siete pronti a partire?

In libreria vi aspettano tante nuove avventure!

Scoprite tutto sul mondo delle Tea Sisters su www.ildiariodelleteasisters.it

COMET Girl